賭けはロシアで

龍の宿敵、華の嵐

樹生かなめ

white heart

講談社X文庫

目次

イラストレーション／奈良千春《ならちはる》

賭《か》けはロシアで

龍《りゅう》の宿敵《しゅくてき》、華《はな》の嵐《あらし》

1

長い夜だ。

ようやく、藤堂《とうどう》組総本部のビルを取り囲んでいた眞鍋《まなべ》組の構成員が、ひとり残らず立ち去った。いや、もう藤堂組総本部ではなく桐嶋《きりしま》組総本部だ。

数時間前、藤堂和真《かずま》が心血を注いで築き上げた藤堂組総本部は、凄絶《せいぜつ》な修羅《しゅら》の場と化していた。眞鍋組の構成員たちに包囲されたら、もはや打つ手がない。

『周りを眞鍋組の奴らに囲まれています』

藤堂の舎弟だった青年が窓から外を見渡し、悲鳴にも似た声を上げた。

『うわっ、あっちにもこっちにも……』

『あの人数で殴りこまれたらあかん。おまけに、眞鍋の二代目が正面玄関におる』

藤堂は宿敵とも言うべき橘高清和《きったかせいわ》に負けた。

なぜ、十歳も年下の清和に負けたのか、藤堂組の看板を撤収した後、藤堂は自身が打った手を振り返る。

国内最大勢力を誇る長江《ながえ》組の傘下に入り、大原《おおはら》組長と盃《さかずき》を交わした理由は、成長著しい清和に戦いを挑むためだ。すなわち、眞鍋組二代目組長である清和と決着をつけようとした。心の底から信頼できる桐嶋元紀《もとき》を関西から呼び寄せ、清和の弱点である二代目姐《あね》を狙《ねら》った。

　それなのに、藤堂は経験の浅い清和に負けることになった。

　藤堂の意思を確かめもせずに藤堂組の解散宣言をしたのは、眞鍋組の二代目姐である氷《ひ》川諒一《かわりょういち》だ。

『今、ここに藤堂組の解散を宣言します。藤堂和真はヤクザを引退して普通の男になります。長江組の皆様、お帰りください』

　氷川が宣言したむちゃくちゃな内容に、桐嶋は目を輝かせて賛同した。藤堂を無事に引退させ、綺麗《きれい》に収拾をつけるべく、即座に桐嶋組の名乗りを上げたのだ。

『そや、藤堂組は解散や。藤堂は引退してカタギになるんや。藤堂組のシマは俺が引き継ぐわ。氷川組系桐嶋組の看板を掲げさせてもらうで』

　もちろん、藤堂は夢想だにしていなかった展開に呆然《ぼうぜん》としたものだ。けれど、その場で桐嶋は長江組の大原組長に連絡を入れ、藤堂の引退と桐嶋組の設立を承諾させた。

　そのうえ、桐嶋は総本部の正面玄関に迫っていた清和と話をつけ、丸く収めたから藤堂は驚愕《きょうがく》した。

　あらかたの処理が終わった後、藤堂は最上階のプライベートルームでロマネ・コンティの栓を開ける。特別な日のために用意していたワインだ。

桐嶋は意気揚々と最高級のワインを飲み干した。

「カズ、話はついたわ。眞鍋の二代目は若いが見所のある奴やで。ああいうのは敵に回したらあかん」

藤堂は指を詰めて詫《わ》びる必要もなければ、金を積む必要もないという。本来ならば清和に敗北を喫した夜、プライベートルームでワインを楽しむ時間は持てなかったはずだ。

「元紀、本当に二代目は俺に落とし前を迫らなかったのか？」

藤堂が穏やかな口調で尋ねると、桐嶋は大きく頷《うなず》きながら答えた。

「カタギになったお前に落とし前を迫ったらあかん。眞鍋は極道の仁義に反することはせえへん」

清和は新しい眞鍋組を模索しているが、古い極道の薫陶《くんとう》を受けて育ったから、仁義や義理を重んじる。だから、たとえ幾度となく煮え湯を呑《の》まされた相手でも、一般人になれば極道としての落とし前は求めないのだという。

「極道の仁義か」

極道の仁義や義理が金で売買されるようになって久しい。折に触れ、藤堂は仁義と義理を金で買い上げてきた。いつからそうなってしまったのか不明だが、漢《おとこ》を売る渡世において、力は資金力で計られるようになっている。

「カズ、極道の仁義を甘く見たらあかん。そりゃ、今の御時世、極道っていうよりマフィアみたいやけどな。それでもホンマもんの極道もおるんや」

関西で伝説となった花桐《はなぎり》という極道を父に持つ桐嶋の声に熱が入る。

「眞鍋組か？」

どんなに時代が流れても頑《かたく》なに仁義を貫き通す男に、藤堂も心当たりがないわけではない。今回の清和との戦争で、いつ爆発物を鳩尾《みぞおち》に巻いた眞鍋組の男が藤堂組総本部に飛び込んでくるか危惧《きぐ》していた。二代目姐という弱みがあったから、眞鍋組は思い切った戦い方ができなかったのだろう。

「そや、わかっとうやんか。眞鍋はホンマもんの極道が揃《そろ》っとう組や」

清和の義父である橘高正宗《まさむね》は言わずもがな、眞鍋組には逸材が揃っており、藤堂は羨《うらや》ましくて仕方がなかった。何しろ、藤堂組には無能な構成員しか集まらなかったからだ。そのうえ、優秀な男は隙《すき》あらば寝首《ねくび》を掻《か》こうとした。

「ああ」

清和には右腕とも言うべきリキ、命知らずの切り込み隊長のショウ、諜報部隊《ちょうほうぶたい》を率いるサメ、最高に巧妙なシナリオを書く参謀の祐《たすく》、それぞれ際立つ才能と実力を持つ男たちが仕えている。誰ひとりとして清和に二心《ふたごころ》は抱かない。藤堂にしてみれば清和に掌握術を乞いたいほどだ。

「特に二代目の周りにいる男たちは半端やない。虎《とら》のリキといい祐ちんといいショウといいサメといいごっついわ。よくあんだけの駒《こま》を集められたもんや。いくらお前ひとりが頑張ってもあかん」

包帯だらけの桐嶋にしたり顔でほざかれ、藤堂はシニカルな微笑を浮かべた。反論する気は毛頭ない。

清和を初めて見た時、藤堂には悪い予感が走った。俺はこの子供に負ける、と。共闘どころか共存も無理だ、と。やらなければ必ずやられる、と。

清和は義父である橘高正宗の強固な盾に守られている子供だった。橘高の後ろ盾がなければ早々に崩れるとわかっていた。清和自身に卓越した能力も実力もないとわかってはいたが、どうしても勝てる気がしなかった。

勝てる気がしないのならば、さっさとS級の殺し屋に依頼し、清和を暗殺すればよかったのだ。

しかし、尊敬していた橘高の激昂《げっこう》を考えるとできなかった。眞鍋組の重鎮は清和を実の息子以上に思っている。

かつて藤堂が命を捧《ささ》げた金子《かねこ》組の組長とは雲泥の差だ。もともと、誰もが認める一角《ひとかど》の極道と金子組の組長とでは素質も背負っているものも違ったが。

予感が当たったな、と藤堂は心の中で自嘲《じちょう》気味に呟《つぶや》いた。敗北の理由はよくわかっている。想定外の眞鍋組二代目姐の殴り込みでもなければ、清和の腹心の暗躍でもなく、桐

BL

嶋の行動でもない。ただ単に自分の甘さだ。

「カズ、聞いとんのか?」

桐嶋に顔を覗《のぞ》き込《こ》まれ、藤堂は苦笑を漏らした。

「ああ」

お互いに歳《とし》をとったな、と藤堂はしみじみと感じたがあえて口にはしない。桐嶋も同じことを感じたはずだ。

「聞いとるなら返事をせんか」

「ああ」

「どんなにお前がアホな彫りモンを背中に張りつけたって、お前はええとこの優しいボンボンや。けど、眞鍋の二代目は性根からしてバリバリのヤクザや。最初からお前には無理な戦争やったんや」

藤堂の生い立ちを知る桐嶋には容赦がない。

藤堂の本名は祠堂和仁《しどうかずひと》、本籍地は芦屋《あしや》の六麓荘《ろくろくそう》であり、貿易会社を営む父親の下《もと》、跡取り息子として何不自由なく育った。母親は旧華族出身の佳人で、叔父《おじ》には世界的に有名なピアニストがいる。藤堂も幼い頃からピアノを習い、高名な音楽評論家にも認められ、師事していたピアノ教師にも勧められて、一時はピアニストの道も考えていたことがあった。何より、父親が祖父から受け継いだ貿易会社を、いずれは自分が継ぐものだと信じて疑わなかった。

言うまでもなく、藤堂は極道の世界に身を投じるなど、予想だにしていなかった。だが、十九歳の時、資金繰りに苦しんだ父親に生命保険金目当てで殺されかけ、藤堂の人生は一気に崩れ落ちた。すんでのところで助けてくれたのは、学校にも行かず、血に餓《かつ》えた野獣のように生きていた二歳年下の桐嶋だ。

「俺も藤堂組の初代組長として生きてきたんだが」

常に綺麗事を口にして現実を見なかった実父がトラウマになっているから、藤堂は率先して汚い仕事に手を染めた。だからこそ、莫大《ばくだい》な金を稼ぐことができたのだ。言い換えれば、藤堂が渡世の世界で生き抜くためには金を稼ぐしかなかった。

覚醒剤《かくせいざい》には嫌悪感《けんおかん》しか湧《わ》かないし、薬屋と軽蔑《けいべつ》されるので扱いたくはなかったが、利益を考えれば無視できない。藤堂は覚醒剤の売買で利益を上げた。

「ボンボンがいちびるな」

「俺はもうお前が思っているような男じゃない」

「いや、お前は初めて会った時から変わってへん。俺がカツアゲしたらニコニコしてこづかいくれたボンボンや」

あんなヤバい俺に優しくするアホがどこにおる、と桐嶋は包帯が巻かれた腕を振り回して力説した。

「お前と初めて会った時、そんないやな男には思えなかった」

「せやから、お前は優しくて世間知らずのボンボンやって言うんや。普通の奴は俺みたいなガキを見たら逃げていくぞ」

桐嶋と初めて会った時のことは、今でも鮮明に覚えている。藤堂は十七歳で名門校に通う高校生であり、桐嶋は学校にも行かずに盛り場をうろつく十五歳の不良少年だった。もちろん、それまで桐嶋のような者と関《かか》わったことは一度もなかった。

「お前と一緒にいたら道を譲られた」

「道を譲られたんやない。避けられたんや。普通の人の賢い態度や」

自分でも理由はわからないが、ナイフのように尖《とが》っていた桐嶋に恐怖感や嫌悪感を抱いたことは一度もない。ヤクザだった父親を亡《な》くし、生活的に困窮している桐嶋を助けたくて躍起になったものだ。

「俺は昔から愚かだったのかな」

藤堂が軽く微笑《ほほえ》むと、桐嶋は吐き捨てるように言った。

「そや、お前はアホや。ほんでその胸糞《むなくそ》の悪い東京弁はやめんか」

「長年、東京で暮らしていると関西弁を忘れる」

かつて藤堂は東京に馴染《なじ》むため、故郷のイントネーションを意識して消した。普段、故郷《ふるさと》訛《なま》りが零《こぼ》れることはない。

『許してください。俺にはそいつしかおらんのです』

長江組の幹部に桐嶋の息の根を止められると思った時、久しぶりに零れたぐらいだ。

「忘れたらあかんがな」

桐嶋は十年前と同じ笑顔で笑い、藤堂の肩を乱暴に抱いた。

「元紀、痛まないのか？」

少し前、桐嶋の身体《からだ》には五発もの銃弾を撃ち込まれたばかりだ。それでなくても、ここ数日、桐嶋にとって苛烈《かれつ》極まりない日々が続いていたというのに。

「ああ？　モグリの医者の腕がええみたいや。痛み止めをサービスしてくれたみたいでそんなに痛くねぇ」

藤堂にとって桐嶋の『痛くない』ほど、信じられないものはない。昔からどんなに血を流しても笑っている。

「こんな大怪我《おおけが》を負わせてすまなかった」

藤堂が上品に整った顔を曇らせると、桐嶋は首を大きく振った。

「ボンボン、お前が俺に謝る必要はない。俺はお前がいなきゃ生きてはいなかった」

俺が少年院に送り込まれるような事件を起こさんかったんはお前のおかげや、俺は海に沈められてもおかしくはなかった、と桐嶋は力強く続けた。

「俺もお前がいなければ死んでいた。実の父の手にかかって」

藤堂が自分の根底を覆《くつがえ》した過去に触れた瞬間、桐嶋の目が潤んだ。そして、物凄《ものすご》い勢いで抱きついてくる。

「カズ、今でも辛《つら》いのか……そ、そやな、辛いよな。辛くてたまらへんよな。社長も辛くて大変やったんやろうけど、カズは今でも苦しいんやな」

パンパンパン、と桐嶋は宥《なだ》めるように藤堂の身体を勢いよく叩《たた》いた。この慰め方は十代の頃から変わらない。

「もう父でもなければ子でもない」

藤堂が切り捨てるように言うと、桐嶋は顔を真っ赤にした。

「ボンボン、そんなに強がるな。ボンボンの強がりはタチが悪いんや」

「元紀の強がりは命に関わるけどな」

藤堂が端整な顔を歪《ゆが》めた時、古株の構成員である唐木田《からきだ》が躊躇《ためら》いがちに顔を出した。彼はすでに藤堂の舎弟ではなく桐嶋の舎弟だ。

「桐嶋組長、竜仁会《りゅうじんかい》の会長補佐からお電話が入っています」

さすがというか、当然というか、関東随一の大親分として敬われている竜仁会の会長に、藤堂組の解散と桐嶋組の旗揚げの知らせが届いたようだ。もしかしたら、眞鍋組が報告したのかもしれない。

「おっしゃ、回してくれ」

桐嶋は堂々とした態度で会長補佐と接する。

竜仁会の会長は極道の仁義に殉じた桐嶋の父親を気に入り、ことあるごとにあっぱれな漢だと褒《ほ》め称《たた》えていたという。あっという間に、近日中に桐嶋が挨拶《あいさつ》に行く話がまとまる。受話器を置いた桐嶋は満足そうに鼻を鳴らした。

「東の親分もなかなか話せるみたいやな」

竜仁会の会長には会いたくても簡単には会えない。藤堂は橘高と兄弟分になり、竜仁会の幹部に金を積んで、やっと目通りが叶《かな》った。

「竜仁会の会長だ」

「おお、ポッと出のヤクザが会えるような親分じゃねぇんだよな。わかっとうよ」

自分の力ではなく亡き父の名前で竜仁会の会長との接見が整ったと、単純な男でもきちんと理解している。

「ああ、唐木田、俺は予定を忘れるかもしれへんから覚えとってな。このところ歳のせいか、マジにいろいろと忘れるんや」

桐嶋があっけらかんと声をかけると、唐木田は真剣な顔で答えた。

「はい、覚えておきます」

「……あれ？　ジブン、会ったことがあるよな？　ずっと前に……」

桐嶋が記憶の糸を辿《たど》ると、唐木田は懐《なつ》かしそうに肯定した。彼は藤堂組の前身である金子組の構成員だ。

「はい、金子組にいた時、桐嶋組長に会っています。『西桐《にしきり》』は惚《ほ》れ惚《ぼ》れするほど強かった。今でも地下の試合では語り草ですよ」

唐木田が興奮したように固く握った拳《こぶし》を振り回すと、桐嶋は人懐《ひとなつ》っこい顔で手を叩いた。西桐、とは地下の格闘技試合で使っていた桐嶋のリングネームだ。

「おお、金子組の？　ああ、ああ、あの頃に会《お》うてんのか？　俺もカズも上京したばかりで右も左もわからへんかったんや。カズはしょっちゅうけったいな奴に絡まれるし、さんざんやったわ」

桐嶋が言った通り、当時の藤堂は少し道を歩けば不良じみた輩《やから》に絡まれるので困惑したものだ。もっとも、藤堂と桐嶋は歩いていた場所が危険だと知らなかったが。

「そりゃ、あの頃の藤堂組長……じゃない、藤堂さんはどこかのモデルみたいでしたよね」

「ああ、ボンボンは近所でも評判の美少年やったからな。身長は高くてもひょろひょろと細かったから」

桐嶋と唐木田は楽しそうに過去を語りだした。藤堂もふたりの話に耳を傾けつつ、桐嶋と一緒に上京した頃を思いだす。雨露も満足に凌《しの》げないようなビルが東京での新居だ。

良家の子息として生まれ育った藤堂は、切り詰める生活をまったく知らなかった。桐嶋があれこれと世話をしてくれたから過ごせたのだろう。

目の前にいる包帯だらけの桐嶋が、地下の格闘技試合に出場していた頃の桐嶋に重なる。

あれはふたりで日雇いバイトをした帰り道のことだ。十九歳当時の藤堂は身長こそ百八十を超していたが、全体的にほっそりとしており、顔立ちはすこぶる甘かった。雑多な街に馴染まない育ちのよさが滲《にじ》むせいか、道を歩いていれば人相の悪い連中に絡まれたものだ。

藤堂が乱暴に肩を摑《つか》まれたら、隣にいる桐嶋が黙ってはいない。

『おらーっ、俺のツレに何しとうねん。いてこますぞ』

桐嶋は藤堂の肩を摑んだ輩だけでなく、応援に駆けつけた屈強な男たちを豪快に倒した。瞬《また》く間《ま》に、桐嶋の前に十人もの男が転がる。

『元紀、それぐらいで』

藤堂が抱きついて止めるまで桐嶋は闘志を滾《たぎ》らせている。彼は磨きぬかれたナイフのように尖っていた。

『たいしたものだ。どこの組のもんだ？』

いつの間にいたのか、真っ黒なスーツを身につけた男が背後に立っていた。金子組の組長である金子辰夫《たつお》だ。

桐嶋が倒した九人の男は金子組の構成員であり、残るひとりは地下の格闘技試合に出場するという元柔道選手だった。

金子は自身の舎弟が倒されても、桐嶋を手放しで褒めちぎったものだ。

『惚れた。そんなに強いとは見上げたもんだ。わしは昔から格闘技試合に関わっているが、こんなに強い男を見たことがない』

『おおきに』

『お前の強さに岡惚《おかぼ》れした。メシでも奢《おご》らせてくれないか?』

金子の気前のいい申し出に、桐嶋はキナ臭いものを感じたようだ。

『タダメシにどんな裏があるんや?』

『話が早い。お前が倒した男は元柔道選手で、これから地下の格闘技の試合に出る予定だったんだ』

『俺に代理で出ろ、っちゅうのか?』

桐嶋が大怪我を負わせてしまった元柔道選手の代理がいないという。もっと言えば、ルールのない地下の試合に出られるほど強い男がいないのだ。いや、危険極まりない地下の試合に出る命知らずはそうそういない。

『小遣いを出す。タダメシもつける。いい女も抱かせてやる』

『おっしゃ、わかった。俺が代わりにその試合に出る。せやから、これですべてチャラにしてぇな』

桐嶋の返事に金子が喜んだのは言うまでもない。

藤堂は地下で行われている格闘技試合がどういうものか、この時に初めて知った。武器の使用は禁止されているが、ルールはいっさいなく、急所や目を狙ってもいい、という凄絶なバトルだ。一言で表すならば、闘犬や闘鶏の人間バージョンである。桐嶋は地下の格闘技試合を知っているだけでなく、関西でも何度か小遣い欲しさに出場したことがあるという。

藤堂が止める間もなく、その日のうちに桐嶋とともに地下格闘場に連れていかれた。桐嶋は控え室でストレッチをしただけで試合、いや、命がけの大喧嘩《おおげんか》に挑んだ。

レフェリーはいないし、医療関係者も見当たらないが、リングの周りには大勢の観客がいて、賭《かけ》が行われている。異様な熱気に包まれ、独特の空気が流れていた。

この場で格闘試合を仕切っているのは金子組と六郷会《ろくごうかい》だ。

桐嶋の対戦相手は現役の空手選手らしく、体格がすこぶるよかったし、手足のリーチも長い。桐嶋も体格はいいが、筋肉のつき方は格闘家ではない。

観客たちは血走った目でリングの中心に立つ桐嶋と空手選手を凝視する。

『顔で選ばれたのか？　プロの身体じゃないな』

ルックスがいい桐嶋に対する評価が辛い。

『ああ、歳をくっている男の身体はプロだ。元プロかもしれないけど』

『俺は顔が悪いほうに賭《か》ける』

『俺も』

観客たちは素人《しろうと》だと判断した桐嶋ではなく、空手選手に金を賭けた。けれど、金子組関係者はこぞって桐嶋に賭けた。藤堂も金子組の組長に促されるまま、桐嶋に日雇いバイトで入手した日当を賭ける。

地下の試合でゴングは鳴らない。

桐嶋と空手選手が視線を交差させる。いきなり、空手選手は桐嶋に激しい蹴《け》りを繰りだした。これがゴングだ。

『空手の試合ちゃうからな』

桐嶋は空手選手の股間《こかん》を右手で摑み、左手で目を狙う。ルールのない地下の格闘場で桐嶋を卑怯《ひきょう》だと罵《ののし》る輩はいなかった。

桐嶋が辛《かろ》うじて勝利を収めた。しかし、桐嶋は血まみれになっていた。藤堂は真っ青になったが、桐嶋は血をだらだら流しながら不敵に笑った。

命を落とす危険があった地下の格闘技試合で桐嶋が手にした金は五万円、どう考えても割に合わない。

「ファイトマネーが五万なんて、東京も西と同じようにシブいと思ったわ」

桐嶋はカラカラと豪快に過去を笑い飛ばしたが、藤堂の心はひどく軋《きし》んだ。

それから何度も桐嶋は地下の格闘技試合に駆りだされた。藤堂がもう出るなと必死に懇願しても、桐嶋は日銭のいい日雇いバイトだと嘯《うそぶ》いてやめてくれなかった。桐嶋が無理をする理由は、温室育ちの藤堂がいるからにほかならない。一日も早く、部屋を借りたかったという。

実際、桐嶋は当初の予定より早く、風呂《ふろ》トイレ付きの古い部屋を借りた。藤堂は桐嶋に無理をさせている自分が情けなくてたまらなかったものだ。

「今のファイトマネーは十万になっています」

唐木田が現在における地下の格闘技試合について言及すると、桐嶋は目を大きく見開いた。

「十万？　それでもまだ十万なんか」

「桐嶋組長はルックスもいいから、地下の格闘技試合じゃなくて表の格闘技に行けばよかったんですよ」

当時、桐嶋は十七歳でいくらでも明るい未来が開けていた。顔立ちは野性的だが整っていたから、金子組と関係のあるプロレス団体に所属する話が上がったこともある。

プロレスも危険なことには変わりがないが、レフェリーもいればゴングも鳴るし、一般の観客も入る。藤堂は究極の選択でプロレスを勧めたが、当の本人である桐嶋が承諾しなかった。

「俺はプロレス興行みたいなのはすかん」

極道の仁義に縛られた実父を見て育ったせいか、桐嶋は極端なぐらい組織というものを嫌った。

「今はいろいろとありますよ。ストリート系とか」

「一昔前ならともかくたいした銭にはならへんやろ」

「テレビ中継をしていたプロレス興行も倒産しました。けど、地下の格闘技試合は今でも続いていますよ」

底の見えない不景気の嵐《あらし》はいたるところを直撃し、意気揚々と旗揚げしたプロレスラーの団体も虚《むな》しい結末を迎えた。ただ、闇《やみ》で行われる地下の格闘技試合はひっそりと続いている。

「そりゃ、地下は倒産のしようがないからな」

「実は二年前に浜松《はままつ》組と揉《も》めて、地下の格闘技試合で決着をつけることになったんです。でも、藤堂さんは試合をせず、金を出してカタをつけました。なぜ、桐嶋組長を呼ばなかったんでしょう」

藤堂組の若頭だった弓削《ゆげ》がまとめた話だが、地下の格闘技試合に桐嶋を出すつもりだったらしい。藤堂は弓削がまとめた話を反故《ほご》にし、詫びを入れる形で大金を積んだ。桐嶋を危険な場に引きずりだしたくなかったのだ。まして桐嶋は女を商売相手にする竿師《さおし》になっていた。

「そりゃ、カズが優しいボンボンやから」

「確かに、誤解されているかもしれませんが、藤堂さんは優しいですよね」

唐木田は桐嶋に守られているジーンズ姿の藤堂を知る数少ない男だ。どんなに藤堂が汚い戦い方をしても、当時のイメージが薄れないらしい。

「ああ、だから、最初からヤクザは無理っちゅうたんや」

桐嶋が憎々しげに言うと、唐木田は屈託のない笑顔を浮かべた。

「金子組の金バッジをつけていてもホストに間違えられたことがありましたね」

藤堂は金子組の幹部と一緒にいても、着飾ったホステスからホストに間違えられ、所属しているホストクラブを尋ねられたものだ。ホストのスカウトもひっきりなしにあった。眞鍋組と懇意にしているホストクラブ・ジュリアスのオーナーにスカウトされたこともある。

「ホストならまだええ」

「はい、二十四か五まではタレントに間違えられていましたね」

「タレントならまだええ」

上京した後、桐嶋が金子組の選手として地下の格闘技試合に出場するようになり、金子組総本部に出入りするようになっても、そばに寄り添うように立つ藤堂への態度はさして変わらなかった。

『坊ちゃん、なんで家を出たのかな？　おうちでパパとママが心配しているんじゃないか？』

藤堂が人相の悪い金子組の構成員に揶揄《やゆ》されていると、桐嶋が物凄い剣幕でやってきて壁を叩いた。

『おらーっ、俺のツレに何しとうねん。首と胴体を別々にしたいんかっ』

桐嶋が現れたら誰も藤堂を揶揄《からか》ったりはしない。降参とばかりに両手を挙げ、藤堂から下がった。

『西桐のツレはタレントみたいだな。ちょっと挨拶しただけだろう。このお綺麗なツラで燻《くすぶ》っているのはもったいないぞ』

金子組の構成員が指摘した通り、掃《は》き溜《だ》めに鶴《つる》、を当時の藤堂は体現していた。

『カズに汚い手で触るなや』

『……そ、そんなに怒るなんてもしかしてホモなのか？』

前々から金子組では桐嶋と藤堂のミスマッチな組み合わせに疑念を抱いていたらしい。同性愛を口にする構成員の下肢は震えていた。

『……あ？　誰にホモなんて言うとんねん。俺とカズはホモなんかやあらへん……いや、実はホモなんや』

　桐嶋の爆弾発言に藤堂は吃驚《きっきょう》したが、周りにいた金子組の男たちは納得したように頷いた。

『やっぱりそうだったのか』

『ふたりは駆け落ちだったんだな』

『西桐、お前がいいところの坊ちゃんをさらって東京まで逃げてきたのか。やるな』

　不良少年に誘惑され、道を踏み外した良家の子息のストーリーが、金子組でできあがった。藤堂は意表を衝《つ》かれ、言葉を失っていたが、桐嶋はいけしゃあしゃあと続けたものだ。

『そや、俺がええところの坊ちゃんに手を出したんや。カズの親にバレて別れさせられそうになったから東京に逃げてきたんや。手を出したからにはきっちりと責任を取る。カズは俺の嫁さんや』

　嫁さん、と力んだ桐嶋の拳には尋常ならざる迫力があった。もはや、誰も茶化すことができない。

『……そ、そうか』

『俺の嫁さんに手を出さんとってな』

『そっちの趣味はまったくないから安心してくれ』

『それだけやない。カズはカタギの嫁さんや。カズにヤバいことをさせんとってな。ヤバい話をするのもやめてくれ。金子組のスカウトもすんな。ホストのスカウトもなしや』

金子組総本部を出た後、藤堂が真顔で問《と》い質《ただ》したのは言うまでもない。桐嶋は馬鹿《ばか》がつくぐらい真《ま》っ直《す》ぐで、嘘《うそ》をつくような男ではなかった。

『元紀、なんて嘘をついたんや』

金子組の面々に腫《は》れ物《もの》を触るように接されて、藤堂は混乱するしかなかった。金子組の組長や若頭にしてもそうだ。

『人の嫁には手を出したらあかん、っていう暗黙の了解がヤクザにはあるんや。金子組もヤクザやから、俺の嫁になっといたほうがお前は安全や』

桐嶋は目を鋭くして極道の暗黙の了解を口にした。

『安全？　僕はそんなに危険な状態にいるのか？』

『むっちゃ危険や。周りをよう見てぇな。カズみたいな奴はおらへんやろ』

桐嶋に懇々と諭され、藤堂はいかに自分の容姿が周囲から浮いているのか知った。なんでも、美醜の問題だけではないらしい。

「藤堂さん、いいところの坊ちゃんだってバレるとヤバかったんですね」

唐木田は桐嶋の懸念をあっけらかんと口にした。

藤堂がタレントやホストに間違えられるならいい。良家の子息だと見破られ、攻撃されることが最も危険なのだ。

「ええところのボンボンやって間違えているわけやない。ホンマのことやからな。せやから、カズにヤクザは無理や」

「藤堂さん、金子のオヤジさんに可愛《かわい》がられていましたから」

地下の格闘技試合に出るようになった桐嶋のみならず藤堂も、ひょんなことから金子組の組長に頼りにされるようになった。なんのことはない、金子が結ぼうとしていた契約書の英文に目を通したのだ。金子組総本部内は杜撰《ずさん》で、大事な契約書の類《たぐい》が平気で机に置かれていた。

『金子組長、ずいぶん不利な条件で契約を結ぶんですね』

『……あ？　カズ？　五分五分の契約だぞ？』

組長は和文で綴《つづ》られた契約書をひらひらさせたが、藤堂の視線の先は英文で綴られた契約書だ。

藤堂は英国英語で契約書を読み上げたが、組長を筆頭に誰も理解できなかった。

『英文と和文の契約書の内容が違います』

英文で綴られている契約書と和訳された契約書の内容は著しく違っていた。おそらく、これは金子組に英語に堪能な者がいないと踏んでの詐欺だ。

以降、藤堂は得意の英語力を生かし、金子組を不利な契約から守った。英語以外にフランス語やドイツ語も堪能だし、中国語もある程度は理解できるから、藤堂の価値は一段と上がった。

語学力を活用すれば桐嶋に危険な真似《まね》をさせなくてもいい、と藤堂が思った矢先、ふたり揃って金子組に熱烈にスカウトされた。

藤堂は思い悩んだ末に金子組の構成員になり、そのことで怒りまくった桐嶋は関西に戻ってしまった。

今となっては遠い過去の話だ。

「頭に血が上っているカズに何を言うても無駄やと思った。せやから、俺は涙を飲んで離れたんや。けど、俺はすぐにカズが泣いて神戸に帰ってくるもんだとばかり思っていた」

金子組の日々に耐えられず、藤堂は泣きながら神戸に逃げてくるはずだと、桐嶋は考えていたらしい。

藤堂はそのうち桐嶋が自分の元に戻ってくると信じ込んでいたのだから、どっちもどっちだ。

「藤堂さんは凄かったですよ。すぐに頭角を現して二十二で若頭補佐になりましたから。二十二で若頭補佐なんてほかにいません」

唐木田はひとしきり昔話に花を咲かせた後、プライベートルームから静かに出ていった。藤堂は桐嶋の怪我の具合が心配で、離れることができない。

「元紀、もう休め」

藤堂の切実な心遣いは桐嶋に通じない。いや、桐嶋には桐嶋なりの不安が渦巻いている。

「俺が寝たらお前がどこかに消えそうで怖い」

お前が寝ん限り俺も寝えへん、と桐嶋は変な勝負に出ているようだが、こうなったら藤堂が引かなければ話にならない。

「……なら、俺はもう休む」

藤堂がそのままベッドに横たわると、桐嶋ものっそりと動いた。同じベッドに入ってくるが、藤堂は追いだしたりはしない。

藤堂がベッドサイドにあるルームライトを消すと、部屋は薄暗くなった。ドアの付近に非常灯がついているだけだ。

気分が高揚したままなのか、桐嶋は眠るどころか話しかけてきた。

「カズ、本気で眞鍋の二代目に勝つつもりやったんか？」

今さら桐嶋に嘘をつく理由はない。藤堂は目を閉じたまま、淡々とした口調で本心を吐露した。

「勝てるとは思っていなかった」

清和を守る盾がどれだけ強固か、藤堂はいやというほど熟知していた。正攻法では切り崩せないこともわかっていた。清和の命を奪えば、己の命を失うだろうことも予想していた。

「……へ？　勝てない戦争をするアホがどこにおるんや？」

桐嶋は呆然とした面持ちで、品のよさが際立つ藤堂の横顔を見つめた。

「勝てなくても負けるつもりはなかった」

東京に進出したい長江組の力を利用し、上手《うま》く立ち回るつもりだった。いくら眞鍋組でも、長江組には太刀打ちできない。

「いったいなんや、それは？」

「眞鍋組の弱体化を狙った。このままいけば、遠からず、二代目と争うことはわかっていたから」

眞鍋組と正面切って抗争となれば、まったくもって藤堂に勝ち目はない。だが、このまままみすみす清和の驀進《ばくしん》を見過ごすわけにはいかなかったのだ。藤堂にしても熾烈《しれつ》な葛藤《かっとう》の上での戦いだ。

「眞鍋の弱体化を狙うんやったらもうちっとほかにやり方があったやろが」

「自慢にもならないが、俺には人材がいない」

自分にそういう人材を引き寄せる魅力や運がないのだろう、と藤堂は冷静な判断を下している。

「そや、お前にはいい舎弟が集まらんけど、眞鍋の二代目にはいい舎弟が集まる。このまま順調に育てば二代目は関東屈指の大親分になるで」

「ああ」

「眞鍋の弱体化を狙うつもりやったら、まず、大黒柱を倒さなあかん。二代目のオヤジさん、橘高正宗をヒットすればよかったんや」

　桐嶋は天気の話をするように眞鍋組重鎮の暗殺を示唆した。やはり、彼は伝説の花桐と謳《うた》われたヤクザの息子であり、本能で修羅の世界を理解している。

　橘高清和に勝つためには義父である橘高正宗を始末すればいい。それこそ、十八番《おはこ》と揶揄された交通事故に見せかけて橘高正宗を葬ればよかったのだ。

　けれど、藤堂は橘高正宗に手を下すことができなかった。

　義理の父子の絆《きずな》に手が出せなかった。いや、あまりにも強すぎる絆が眩《まぶ》しくて躊躇《ちゅうちょ》したのだ。

　ひとえにそれが藤堂の甘さだろう。

　突然、なんの前触れもなく、桐嶋はガラリと話題を変えた。

「カズ、お好み焼きの屋台をやんで」

　あまりにも馬鹿らしくて藤堂が無言でいると、桐嶋は鼻を鳴らしながら高らかに言い放った。

「お好み焼きがいやならたこ焼きや。カズ、お前にたこ焼きを焼けとは言うてへんから安心せぇ。お前は西の男とは思えんほど味に拘《こだわ》らへんからな」

桐嶋は冗談ではなく本気でお好み焼きかたこ焼きの店を出すつもりだ。藤堂は当然手伝うものとして考えている。桐嶋組の看板を掲げたばかりの男とは思えない言動だが、それについては今さらだ。とても桐嶋らしいと感心してしまう。

「元紀、お前は本当にいつまで経《た》っても変わらないな」

悲しいけれども、人は変わってしまう。藤堂は変わらなかった人を知らない。何より、自分が一番変わった。

「何を言うとるんや。お前やってちっとも変わってへん。血の海に浸《つ》かってもヤクザにはなれへんかった。お前は俺と一緒にたこ焼きを売ればええんや」

東京の粉モンは許せへん、と桐嶋は東京のたこ焼きやお好み焼きについて熱弁を振るいだす。

藤堂は妙な安堵感《あんどかん》に包まれつつ、いつ終わるかわからない桐嶋の主張を聞き続けた。

2

たぶん、桐嶋《きりしま》と清和《せいわ》は共存できるだろう。伝説の花桐《はなぎり》の息子という格好の冠があるから、桐嶋は関東の大親分にも気に入られて引き立てられるはずだ。覚醒剤《かくせいざい》を扱う薬屋として名を落とした自分がそばにいないほうがいい。第一、自分に対する清和のわだかまりは確実に残っている。長江《ながえ》組の問題もあるし、桐嶋組から身を引いたほうがいい。

藤堂《とうどう》は冷静に今後を考え、桐嶋から去ることを決めた。桐嶋の意志は確かめない。

藤堂は隣で高鼾《たかいびき》を掻《か》いている桐嶋からそっと離れた。

凄絶《せいぜつ》な戦いの場が嘘《うそ》のように辺りは静まり返っている。いつの間にか総本部内に飛び散った血の飛沫《ひまつ》が消えていたが、眞鍋《まなべ》組の二代目姐《あね》お手製の爆発物が披露された場所は無残なままだ。

姐さん、派手にやってくれたな、と藤堂は眞鍋組二代目姐である氷川《ひかわ》を瞼《まぶた》に浮かべて苦笑を漏らした。

氷川は男でありながら清和に求愛され、二代目姐として遇されている。男の姐など、前代未聞の珍事だが、氷川を迎えた清和はとても幸せそうだ。

今回、桐嶋が無事だったのは、氷川の存在が大きいと知っている。二代目姐の舎弟になったと、桐嶋は誇らしそうに宣言したからだ。

姐さん、元紀《もとき》を頼みます、と藤堂は心の中で氷川に大切な桐嶋を託した。氷川が味方についていれば心強い。

藤堂は自分しか知らない非常用のルートから外に出て、三軒先のビルの地下に駐《と》めていた車に乗り込んだ。

誰にも気づかれずに、桐嶋組総本部を出たと思ったが、そう上手《うま》くはいかない。果たせるかなというか、さすがというか、眞鍋組関係者の尾行がついていた。

どんなにまこうとしてもまけない。十中八九《じっちゅうはっく》、清和の驀進《ばくしん》の大きな理由と考えられている諜報部隊《ちょうほうぶたい》のメンバーにマークされているのだろう。

シャチだったらやっかいだな、と藤堂は車のスピードを上げながら溜《た》め息《いき》をついた。

サメ率いる諜報部隊に所属しているシャチは、仕事で一度も失敗したことがないと評判だ。自他ともに認める一流の情報屋のバカラや木蓮《もくれん》、一休《いっきゅう》もシャチの手腕は手放しで絶賛していた。三人のプロが揃《そろ》って褒《ほ》めるなど、滅多にあることではない。シャチのマークがついたら諦《あきら》めるしかない、と変装を見破られた過去のある木蓮は、報告書に綴《つづ》っていた。

いつまでも闇《やみ》に包まれた街を車で走っているわけにはいかない。多勢に無勢、拉致《らち》されたら一巻の終わりなので、各地に所有しているマンションや別荘に向かうのはかえって危険だ。

「どうするか」

こんな時に頼れる者がひとりもいない。どちらにしろ、下手《へた》に頼って借りを作りたくもなかった。

藤堂がアクセルを踏んでスピードを上げた時、周囲の車が圧迫するように迫ってきた。ぴっちりと右につけた車の助手席では、銃口を構えている男が見える。間違いなく、眞鍋組の諜報部隊のメンバーだ。

「俺の処分か？」

藤堂はスピードを落とさず、周囲の反応を窺《うかが》った。凶器を手にしても、使用する気配は感じられない。どうやら、眞鍋組の諜報部隊は藤堂を捕獲しようと動いているらしい。

「一気に仕留めればいいのに」

鉛弾一発であの世に送られるならばそれでもいい。信じた者に裏切られ続ける人生にさして未練はない。しかし、みすみす眞鍋組の檻に閉じ込められる気はない。

「……っ？」

目の前に走っていた眞鍋組の車が、いきなり急ブレーキをかけ、派手なスピンをした。

藤堂は咄嗟《とっさ》にハンドルを左に切り、危うく難を逃れる。

「……何事だ？」

いつの間に近づいていたのか、赤い特攻服に身を包んだ暴走族の集団が突如として襲いかかってきた。

いや、藤堂の車には誰も襲いかからない。暴走族は眞鍋組の諜報部隊の車やバイクを金属バットで襲撃している。

赤い特攻服に『BLOODY MAD』のロゴが入った血まみれの旗、それらのシンボルで今現在、最も勢《すさ》いが凄まじい暴走族のブラッディマッドだと判明した。十代目総長の相川奏多《あいかわかなた》は狂犬以上の狂犬、鬼畜とも人の皮を被《かぶ》った悪魔とも恐れられているが、藤堂は少し前まで彼を取り込もうと画策していた。暴走族時代のショウや京介《きょうすけ》と違い、奏多は素直に奢《おご》らせてくれるし、小遣いを受け取ってくれるので嫌われてはいないと踏んでいたのだが。

「……奏多、もしかして、助けてくれるのか？」

血をだらだら流している諜報部隊のメンバー相手に、奏多は金属バットを振り回している。いつもと同じように、頭や目を始めとした急所を容赦なく狙《ねら》っていた。

修羅場《しゅらば》を潜り抜けてきた諜報部隊であっても、ブラッディマッドのメンバーが多すぎて太刀打ちできないだろう。

「奏多、誰も殺すな」

藤堂は車を車道の端に駐め、車窓の外で繰り広げられる死闘を眺める。

奏多の双眸《そうぼう》は鋭くて凶器のような印象を与えるが、顔自体はシャープに整っており、芸能プロダクションにスカウトされたこともあった。ただ、奏多の残虐性は突出している。相手がヤクザであろうと一般人であろうと、後遺症をいっさい考慮せず問答無用で金属バットを振り回すから凄《すさ》まじい。

そもそも、出会ったきっかけは、藤堂組の構成員が集団でいたにも拘《かかわ》らず、奏多の手で病院送りにされたからだ。

『君、強いな。是非、君をディナーに招待したい』

藤堂が温和な微笑を浮かべて近づくと、奏多は威嚇《いかく》するように睨《にら》みつけてきた。

『……あ？　なんだ、このおっさん？』

『俺は藤堂和真《かずま》、藤堂組のおっさんだ。この近くに美味《うま》いフランス料理店があるから行こう』

藤堂は腑甲斐《ふがい》ない舎弟より、無敵の強さを示した奏多に魅了された。そう、かつて桐嶋の強さに惚《ほ》れ込《こ》んだ金子《かねこ》組の組長のように。

鬼畜じみたブラッディマッドを知っているからか、諜報部隊の面々はさして対抗せずに消え去った。

奏多に車窓を叩《たた》かれ、藤堂が運転席から降りると、周りにいたブラッディマッドのメンバーがいっせいに挨拶《あいさつ》をした。もっとも、極道のように礼儀正しい挨拶ではなく、仲間内にするような今時の軽い挨拶だ。カタにはめられている暴力団をいやがる輩《やから》ならではである。

ブラッディマッドのメンバーがどんな無礼な態度をとっても、藤堂は怒ったりはしない。

「藤堂さん、大丈夫っスか？」

返り血を浴びたのか、奏多のシャープな頬《ほお》に鮮血が張りついているが、ブラッディマッドの十代目総長には相応《ふさわ》しい装飾品だ。

「奏多、助かった。礼を言う」

藤堂が感謝を込めてにっこり微笑《ほほえ》むと、奏多は仏頂面《ぶっちょうづら》で運転席に乗り込んできた。

乗れ、と鋭敏な目で奏多に促され、藤堂は助手席に腰を下ろす。確かめるまでもなく、藤堂より奏多のほうが車の運転技術は高いだろう。たとえ、奏多が車の免許を取得していなくても。

「行き先は？」

奏多は周囲に注意を配りつつ、アクセルを踏んだ。どうやら、目的地まで警護してくれるつもりらしい。

「迷っている最中だ」

「俺ンところに来ますか？」

昨今、ギャング化している暴走族の存在は無視できないほど大きくなり、中でもブラッディマッドは小規模な暴力団を凌《しの》ぐ組織力を持つと囁《ささや》かれている。藤堂が清和に屈したことや藤堂組が解散したことも、すでに的確に摑《つか》んでいるのだろう。

「奏多を巻き込むわけにはいかない」

藤堂にブラッディマッドがついたとなれば、清和の警戒心は一段と増すだろう。カタギとは到底言いがたい奏多に、眞鍋組からヒットマンが送り込まれる可能性は否定できない。それほど、ブラッディマッドの力は問題視されている。

「構わない。眞鍋なんて怖くねぇし」

奏多は眞鍋組であっても引いたりはしない。相手が誰であっても引かないことがブラッディマッドの鉄則だ。

「俺はお前が怖いよ」

カミナリ族や狂走族と呼ばれていた暴走族全盛期にブラッディマッドは結成された。ブラッディマッドは命知らずの暴走集団としての伝統を脈々と受け継ぎ、不良少年の間では一種のステイタスにもなっていたものだ。

けれど、数年前、初代総長時代から反目し合っていた暴走族の毘沙門天《びしゃもんてん》にショウと京介という狂犬が出現したことで、関東圏の勢力図は一変した。

ショウと京介は破竹の勢いで目ぼしい暴走族を制圧したのだ。ブラッディマッドもご多分に洩《も》れず、立て直せないぐらい叩きのめされた。

結果、ブラッディマッドは九代目総長の時代で解散している。

だが、去年、奏多はブラッディマッドを復活させて十代目総長に就任すると、それまでの鬱憤《うっぷん》を晴らすかのように暴れだした。そこに暴走族における暗黙の了解はいっさいない。敵対する相手を肉体的にも精神的にも追い詰めていく手段は狂気をはらみ、極道界においてもブラッディマッドの奏多の名は知れ渡った。

「情けねぇ奴」

「本来、俺は気が小さいんだ」

奏多は敵対していた暴走族の総長と幹部をアジトに監禁して痛めつけるだけではすまさない。精神的にも徹底的に追い詰めてから、彼らが出入りしていたクラブの前に素っ裸のまま放置した。小競り合いを繰り返した暴走族のメンバーは半殺しにした挙げ句、全員、ゲイビデオに強引に出演させた。

奏多に凄絶なダメージを食らわされた暴走族は解散し、人目を避けるようにひっそりと暮らしているという。

藤堂も今までにいろいろと小汚い手段は駆使したが、そういったことを実行したことはなかった。

「笑えねぇ冗談はやめろよ」

奏多は面白くなさそうに舌打ちをし、ハンドルを左に切った。ブラッディマッドのバイクも守るようにぴったりとついてくる。

「真実だ」

「本当に気が小さいなら藤堂組なんて設立していない」

どんな組でも初代組長を名乗る男は半端ではない。それ相応の力を持っていなければ、暴力団の看板は掲げられないものだ。

「行きがかり上、設立することになった」

藤堂は父子《おやこ》盃《さかずき》を交わした金子に命を捧《ささ》げ、誠心誠意尽くした。生涯、父として尽くすつもりだったのだ。金子の心変わりがなければ、藤堂は今でも金子組の構成員だったに違いない。

「自分が仕えていた上の奴をやった、って聞いたぜ?」

すげぇな、と奏多は称《たた》えるように藤堂に向かって口笛を吹いた。暴力団のような煩《わずら》わしいものに縛られたくない、というポリシーのブラッディマッドにしても、先輩や後輩などの上下関係はあるし、それ相応に厳しい。しかし、後輩が先輩を見限って逆らうことは多々あった。奏多にしても腑甲斐ない先輩を片っ端から制圧してきたタイプだ。

「そんな噂《うわさ》が流れているようだが……」

殺さなければ殺されてしまう、と藤堂が覚悟を決めるまで辛《つら》かった。覚悟を決めても迷っていた。もっと早く決断を下していれば、僅《わず》かなりとも穏便に処理できたかもしれないのに。

「金子組とシノギを削っていた双東会《そうとうかい》のシマをごっそり手に入れる形で藤堂組を設立したって？　そんな凄《すげ》ぇことをした組長はいないとか？」

「噂だ」

奏多に語られた過去は噂ではなく事実だが、決して肯定したりはしない。これが藤堂の在り方だ。

奏多は真逆の戦い方をしていると言ってもいいかもしれない。彼はクラブで対立している暴走族がいると聞けば、ブラッディマッドのメンバーを連れて乗り込み、制止しようとした警備員もろとも病院送りにした。『またブラッディマッドか』と、その場に居合わせたほかの客たちはブラッディマッドに怯《おび》えるが、それは奏多率いるチームの勢いに繋《つな》がる。

暴力団と違って暴走族のケンカは現場が命だ。どんな手を使っても、その場で勝てばいい。後先なんていっさい考える必要はない。

ちなみに、ブラッディマッドがクラブやバーなど、場所を構わずに暴れ回ったので、暴力団に対するみかじめ料がきちんと支払われるケースが増えていった。何しろ、店側が雇っている警備員が、ブラッディマッドに対してなんの役にも立たないからだ。藤堂組も僅かなりともブラッディマッドの恩恵を受けていた。

「なんで自分の力を見せつけない？　だから、ナメられるんだよ」

奏多に忌ま忌ましそうに言われ、藤堂は冷たい微笑を漏らした。

「見せつけるような力がないからさ」

藤堂は文武両道でスポーツは得意だったが、腕力勝負になればどんなチンピラにも負ける自信があった。だからこそ、金の力をつけたのだ。

「俺はそんな大嘘を聞くほど暇じゃねぇ」

奏多は一呼吸おいてから神妙な面持ちで尋ねてきた。

「……それでどこに行くんだ？」

ブラッディマッドに囲まれていたら安全だろうが、いつまでも呑気《のんき》にドライブを楽しんでいるわけにはいかない。ちょうど名古屋には購入したばかりのマンションがあった。

「名古屋に行くと見せかけて成田《なりた》に」

国内ではどんなに巧妙に逃げても眞鍋組の追跡から逃れられないだろう。シャチがマークについていたら海外でもまけないかもしれない。それでも、国内よりは海外のほうが眞鍋組の機動力は落ちる。欧州ならばなおさらだ。

「高飛びするのか？」

「ほとぼりがさめるまで」

いつ何があってもいいように、常に偽造パスポートを持ち歩いている。隠し財産は世界一の金庫番と称されるスイス銀行のひとつのシュタイン銀行に預けていた。

「うちに来いよ」

奏多は裕福な家庭に生まれ育ち、父親から与えられた渋谷《しぶや》と六本木《ろっぽんぎ》のマンションを自由に使っていた。父親が高額な寄付金を積み、エスカレーター式の名門高校に在籍しているが、真面目《まじめ》に通っている様子はない。どうして良家の子息が暴走族になったのか、藤堂は自身を振り返れば何も言えなかった。

「ずいぶんサービスがいいな」

予想だにしていなかった奏多の申し出に、藤堂は涼やかな目を細めた。

「サービスじゃねぇ」

奏多の凜々《りり》しく整った顔に影が走り、心なしか周りの空気が淀《よど》んだ。

ひょっとしたら、藤堂がスイスのシュタイン銀行に預けている金を狙っているのかもしれない。シュタイン銀行の口座は多くのスイス銀行と同じく、五億円以上なければ口座が開けず、その口座だけで取引される特殊な銀行であり、かつてはナチスの略奪も許さなかった強固な組織だ。誰であっても藤堂の口座から預金を引き出すことはできない。

「サービスじゃないのか」

目的はなんだ、と藤堂は言外に匂《にお》わせた。この場で奏多の機嫌を損ねるわけにはいかないが、スイスのシュタイン銀行の預金をすべて渡すわけにはいかない。死活問題に関《かか》わる。

買い取った名前で開設した口座の金を渡して、奏多を満足させるしかない。藤堂は即座に頭の中で算盤《そろばん》を弾《はじ》いた。

「俺の女になれ」

一瞬、奏多が何を言っているのかわからず、藤堂は怪訝《けげん》な顔で聞き返した。

「……は？」

「俺の女になれ、って言っているんだ」

奏多は鬼のような形相《ぎょうそう》で言い放ったが、乱闘中のような迫力はまるでなかった。普通の少年が必死になって強がっているように見える。藤堂はこんな奏多を今までに一度も見たことがない。

「……奏多、それは冗談か？　俺は君の会話にはついていけない」

奏多の言葉はきちんと理解したが、意図が摑めなかった。裏に隠されている真意に気づけなければ、藤堂は無能の烙印《らくいん》を押されてしまう。

「何度も言わせるな。俺の女になれ、って言っているんだ。眞鍋の組長もホモなんだろう」

前代未聞の珍事として界隈《かいわい》を駆け巡った眞鍋組二代目カップルの噂は、ブラッディマッドにも届いている。ほかでもない、かつての宿敵ともいうべき、ショウが眞鍋組に在籍しているからだ。奏多やブラッディマッドのメンバーが、未《いま》だにショウと京介を意識していることは、藤堂も知っていた。ショウと京介は生きているにも拘らず、その圧倒的な速さと強さと華々しさはほぼ伝説と化している。奏多がショウと京介の後輩を制圧しても、だ。

「……ああ」

清和が姐候補であった美女を捨てて、男の内科医に手を出したと聞いた時、藤堂は自分の耳を疑ったものだ。真実だと確かめてさらに驚嘆した。

「女はもう飽きた。男の恋人もいいかもしれない」

奏多はハンドルに手を添えつつ、横目で藤堂を舐《な》めるように見つめた。

「そうか」

藤堂を旗印にショウや京介に仕掛けたいのかもしれない。奏多の好戦的な血を感じ、藤堂はシニカルに口元を緩めた。

「俺の女になったら守ってやる。眞鍋なんかに負けねぇから」

奏多ならば関東一円の暴走族を動かせる。仁義や義理に縛られていない暴走族相手に眞鍋組は苦戦を強いられるだろう。ただ、長期戦になったら奏多率いる寄せ集めの暴走族集団は内部から崩壊するはずだ。

ここで奏多の申し出を受け入れてはいけないが、だからといって拒んでもいけない。少しでも拒否感を見せたら、奏多の怒りを買うだけだ。藤堂は曖昧《あいまい》な微笑を浮かべて、わざと軽く言い放った。

「そんなことでいいのか」

今回、清和に戦いを挑む前、奏多の本心を知っていたら、また違った戦い方ができたかもしれない。わざわざ氷川を拉致して、桐嶋を使うこともなかったのだ。藤堂は自分のミスを思い知る。

「……おい、本気じゃないだろう」

奏多に同性愛の嗜好《しこう》があるとは聞いたことがないし、どうしたって本気にはできないが、人としての何かが欠落している男だから底がわからない。

「いや、本気だ」

藤堂は奏多が本気で自分を女にしようとしていることを察した。不思議なくらい嫌悪感は抱かない。裏切り者が多発した中、窮地に手を差し伸べてくれた唯一の男だからだろう。

「藤堂さん、わかっているのか？　俺の女になる気はあるか？」

奏多の詰問に対する返答ははぐらかすに限る。

「奏多、俺を選ぶとは目が高い」

藤堂が楽しそうに頬を綻《ほころ》ばせると、奏多から凄まじい怒気が発散した。運転中でなければ、奏多に一発ぐらい殴られていたかもしれない。

「じゃあ、抱いていいんだな?」

「俺を抱けるのか?」

奏多から見たら俺はおっさんだ、と藤堂は謡《うた》うように続けた。藤堂の目から見ても奏多は瑞々《みずみず》しい若さに溢《あふ》れている。

「抱けるから口説いている」

「そうか……で、眞鍋組の二代目姐を見たことがあるか?」

あそこの歳の差は十歳だったな、と藤堂は眼光の鋭い美丈夫と楚々《そそ》とした内科医を脳裏に浮かべた。奏多は十七歳になったばかり、こちらのほうが歳《とし》の差は大きい。

「ああ」

「俺と同じ歳だが、夜の女が霞《かす》むぐらい綺麗《きれい》な男だ。二代目姐なら手を出すのもまだわかるが、俺か?」

十年前ならいざ知らず、藤堂は三十歳目前だ。もはや桐嶋と並んでも駆け落ちカップルに間違えられたりはしない。

「あの姐さんじゃ女と変わらないからつまらねぇ」

奏多は興味がなさそうな顔で氷川について口にした。

男と女、どちらも好きだというAV監督やバーのオーナーも、同じようなことを言っていた記憶がある。いっそ男を抱くなら藤堂みたいなほうがいい、と。もっとも、清和やリキは抱く気にもなれない、と。

「そういうものか？」

あれなら俺も抱けるな、と藤堂は清楚な氷川の美貌《びぼう》に見惚《みと》れたことがある。華やかな美女とはまた違った魅力の持ち主だ。

「ああ、つまらない」

ふんっ、と奏多は鼻を鳴らしながらハンドルを右に切った。

「綺麗な外見を裏切る性格をしていたから飽きないぞ」

俺よりずっと男らしい、眞鍋で一番男らしいのかもしれない、と藤堂は腹の据わった氷川に感心する。

「あの姐さんにショウが奴隷みたいにかしずいている、って聞いた時はびっくりした」

ショウは暴走族時代に毘沙門天の特攻として鮮烈なデビューを飾り、電光石火の速さで名を馳《は》せた。八代目総長になったがすぐに面倒になり、相棒である京介にトップを押しつけたのだ。京介が九代目総長時代に毘沙門天は、勝利に継ぐ勝利で関東一円を制圧し、最強の暴走族として日本国内に勇名を轟《とどろ》かせた。

藤堂だけでなく幾つもの暴力団関係者が、ショウと京介を熱心に勧誘したものだ。しかし、どの暴力団関係者にもショウと京介は靡《なび》かなかった。それなのに、蓋《ふた》を開けてみれば、ショウは眞鍋組の構成員になり、京介はホストクラブ・ジュリアスで女性を相手にするホストになった。拍子抜けなんてものではない。

「いい姐さんだ」

藤堂は呟《つぶや》くように氷川について言った。

氷川はあれだけ眞鍋組の構成員たちに慕われているのだから万々歳だ。氷川も氷川なりに構成員を大切にしていることは伝わってくる。

「負けたっていうのに悔しくないのか？」

気性の激しい奏多にしてみれば、飄々《ひょうひょう》としている藤堂が信じられないらしい。奏多ならば地団駄を踏んで荒れているだろう。いや、奏多ならば勝つまで引かないはずだ。

「悔しくないわけがないだろう」

「やり返す気はないのか？」

やり返せよ、と奏多の鋭い目は雄弁に語っていた。清和の双眸も鋭敏だが、また違った印象を与える。清和が冷たい氷を連想させるなら、奏多は尖ったナイフだ。

「同じミスは繰り返さない。とりあえず、ヤクザから離れる」

極道として清和と何度戦っても、結果は変わらないだろう。桐嶋に指摘されるまでもなく、藤堂はヤクザとしての自分に限界を感じていた。

「そうだな、藤堂さんにヤクザは合わない」

藤堂は金子組の金バッジを胸につけた時からさんざん馬鹿《ばか》にされてきた。今さらの話だ。それでも、若い奏多にまで言われたら複雑な気分だ。

「奏多にまでそんなことを言われるとは……」

「どういう意味だよ」

「そのままの意味だ」

「とにかく、俺の女になったら俺が仇《かたき》を取ってやる。任せろ」

君が敵《かな》う相手ではない、眞鍋組を侮《あなど》るな、と藤堂は口にしようとしたが、すんでのところで思《おも》い留《とど》まった。奏多の好戦的な性格を考えれば、火に油を注ぐようなものだ。それこそ、今からブラッディマッドを引き連れて眞鍋組総本部に真正面から乗り込みかねない。たぶん、ショウは嬉々《きき》として相手をするだろう。

「奏多、俺の獲物を取るな」

眞鍋は俺の獲物だ、と藤堂は悠然と微笑みつつ、奏多の逞《たくま》しい肩に優しく触れた。

「藤堂さんの獲物か」

奏多は自分の肩に置かれた藤堂の手をチラリと見た。藤堂の力を認めているからか、獲物という言葉に奏多は納得する。

「ああ、二代目に哀れな末路を進呈する楽しみは誰にも譲らない」

橘高《きったか》が清和を裏切ることは、天と地がひっくり返ってもないだろう。けれども、藤堂にしてみれば、どんな手を駆使しても実現化させたい理想の場だ。信じていた父親に裏切られてみろ、と深淵《しんえん》に沈めていた鬱屈が噴きだす。

「ショウは俺にやらせろ」

奏多は伝説と化したショウに対する対抗心を隠そうとはしない。ただ、ショウを見かけても、理由もなくケンカをふっかけるような真似《まね》はしないようだ。狂犬以上の狂犬にも僅かに理性は残っている。

「その時がきたら声をかける。待っていてくれ」

藤堂が切々とした哀愁を漂わせると、奏多はスピードを落とし、吐き捨てるように言い放った。

「キスしろ」

奏多の横顔にはなんの感情も見えない。だが、いつになく照れているような気がしないでもない。

奏多ならば口淫《こういん》を強要し、あますことなく撮影して、インターネットで流すぐらい平気でやってのけるのに、藤堂に求めたのはキスだ。

「事故るなよ」

藤堂は苦笑を漏らしてから、奏多の望み通り、彼の薄い唇に触れるだけのキスを落とした。

人の皮を被った悪魔の唇は意外なぐらい優しい。

「ガキみてぇなキスだな」

奏多はハンドルを左に切りながら、不服そうに凛々しい眉《まゆ》を顰《ひそ》める。いったい運転中にどんなキスをさせるつもりなのか。

「無免許運転中のキスはこんなものだ」

ポン、と藤堂は宥《なだ》めるように奏多の膝《ひざ》を叩いた。

「面白くねぇ」

「この車は奏多に預ける。好きなように使っていいが事故には注意してくれ」

車は謝礼として奏多に譲るつもりだったが、藤堂は再会の可能性を匂わせたほうがいいと判断した。

「そんなヘマは踏まない」

奏多は何を考えているのかよくわからない男だが、成田空港のゲートまできっちり守ってくれる。

辺りに眞鍋組関係者の姿は見当たらず、藤堂は奏多に謝辞と再会を口にした。そして、飛行機に乗り込んだ。

こんな形で日本を旅立つとは夢にも思っていなかったが後悔はしていない。

3

フライト中、なんの異常もなく、眞鍋《まなべ》組の影を感じることもなかった。妙齢のＣＡに鬱《う》陶《とう》しいぐらいの秋波を送られたが、彼女に眞鍋組関係者の息がかかっているとは考えられない。

奏多《かなた》のおかげで尾行をまけたかな、と藤堂《とうどう》は妙齢のＣＡの視線を浴びながら凶悪な少年に心の中で礼を言った。

ロンドンのヒースロー空港に到着し、藤堂は自分の甘さを思い知る。なんのことはない、背後に尾行の気配を感じたのだ。

藤堂は空港内の免税店の磨き抜かれた鏡で、地味なスーツに身を包んだシャチを確認した。シャチは自分の姿を隠そうとせず、堂々とマークしている。逃げられないぞ、というシャチの自信の威嚇《いかく》かもしれない。

オブリガード、というポルトガル語が、藤堂の背後にいた二人組の白人から聞こえてきた。

藤堂はポルトガル語はわからないが、『ありがとう』の意味を持つ『オブリガード』というポルトガル語は知っている。日本の『ありがとう』が、ポルトガル語の『オブリガード』によるものだという俗説を、父親の仕事の関係者から聞いたことがあるからだ。

ちなみに、ポルトガル人が訪れる以前から日本では『ありがとう』は使われている。

ポルトガル語のほか、インド英語に混ざってフランス語やドイツ語もどこからともなく聞こえてきた。大声で喋《しゃべ》っている東洋人の団体は中国人たちだ。

ヒースロー空港という場所柄、さまざまな人種が行き交う。中国人や韓国《かんこく》人など、東洋人の区別はつかないが、なんとなく感覚でわかる。

英国の高級陶磁器店の前、三十歳前後の日本人男性の動きがぎこちないが、眞鍋組の諜《ちょう》報《ほう》部《ぶ》隊《たい》のひとりだろう。

高級宝飾店の前にひとり、紅茶専門店のコーナーにひとり、サンドイッチ店の前にひとり、藤堂はさりげなく歩きつつ、眞鍋組関係者を見つけた。どの男も襲いかかってくる気配はない。

藤堂はヒースロー空港からロンドン市街に向かうふりをして、ドイツのフランクフルト行きの飛行機に乗り込んだ。同じ飛行機にシャチが乗った様子はない。藤堂は飛行機の中でライ麦パンのサンドイッチとコーヒーを口にする。

しかし、フランクフルトの空港の売店でシャチを見かけ、藤堂は雑誌を手にしたまま口元を緩めた。

これぐらいではシャチをまけるわけがないと思っていたからだ。

藤堂はフランクフルトのホテルにチェックインし、フライトで疲弊した身体《からだ》を休めた。

おそらく、今夜、シャチに襲撃されることはない。

桐嶋《きりしま》からの着信でいっぱいになっている携帯電話には目もくれなかった。


翌日、藤堂はフランクフルトからネッカー川沿いに広がるハイデルベルクに向かった。マックス・ウェーバーが学んでカール・ヤスパースが教壇に立った大学があり、山上には十三世紀の古城があり、街並みはバロック風で、日本人観光客に絶大な人気を誇っている。

藤堂は観光客に扮《ふん》し、旧市街のメインストリートでデジタルカメラを構える。さてこそシャチを筆頭とした諜報部隊のメンバーはついてくるが、一定の距離以上、つめようとはしない。

藤堂もシャチをまくような行動は取らなかった。ハイデルベルクに胸を躍らせる一般の観光客になりきる。

いつまでも戦い続けることはできない、正直に言えば疲れた、俺は休息中だ、骨休めの観光と思ってくれ、と藤堂は背中でシャチに語りかける。

欧州訪問の目的は仕事ではないし、眞鍋組と対抗する策を練るためでもない。息抜きの観光旅行と言っても嘘《うそ》にはならないだろう。

もっとも、シャチや東京にいる清和《せいわ》が信じてくれるとは思えないが。

それでも、藤堂は観光客に徹し、かつて家族と一緒に散策したハイデルベルクを回る。聖霊教会や市庁舎があるマルクト広場は、家族と訪れた当時と変わっていない。コルンマルクト広場から見えるハイデルベルク城の姿もそのままだ。

それから、ドイツ観光の目玉であるロマンティック街道を目指した。シャチや諜報部隊のメンバーも観光客に紛れて追ってくる。

古都ヴュルツブルクでも、中世の街並みを完璧《かんぺき》に残しているローテンブルクでも、十五世紀まで築き続けた城壁に囲まれているディンケルスビュールでも、天才と名高い作曲家のヴォルフガング・アマデウス・モーツァルトの父親であるレオポルト・モーツァルトの出身地であるアウクスブルクでも、藤堂は普通の観光客になり、こぢんまりとしたホテルでも部屋に閉じこもることはしなかった。ロビーで同性愛者らしきアメリカ人男性にモーションをかけられたが、藤堂は冷たい態度できっぱりと撥《は》ねつける。日本の曖昧《あいまい》な微笑は欧米人に通じないと、子供の頃から貿易会社を営む実父に叩《たた》き込《こ》まれていた。

フュッセン郊外のノイシュヴァンシュタイン城では、日本の若い女性観光客に声をかけられ、装飾過多とも言われている城内を一緒に回ってからディナーを囲んだ。

「藤堂さん、私の部屋に来ませんか?」

彼女が宿泊しているホテルの部屋に誘われたが、藤堂はやんわりと拒む。眞鍋組の匂《にお》いはしないが、一般女性相手にアバンチュールを楽しむ気にはなれない。

「藤堂さん、私は明日、日本に帰ります。また日本で会えますか?」

若い女性観光客に涙目で見つめられ、藤堂はにっこり微笑《ほほえ》んだ。携帯電話の番号やメールアドレスを交換して別れる。

フュッセンで出会った女性と日本で接するつもりはないが、この場でわざわざ公言することではない。

己の一挙一動、すべてシャチに観察され、清和に報告されるだろう。ドイツ観光に勤《いそ》しむ己をどう思うか、藤堂は清和の険しい顔つきを瞼《まぶた》に浮かべ、ほくそ笑んだ。

今日もお疲れ様、と藤堂はシャチを心の中で労《ねぎら》いつつ、ドイツの黒ビールを飲んでからベッドに横たわった。

そろそろ仕掛けてもいいのかもしれない、と藤堂はスイスに向かうふりをしてオーストリーに入る算段を練った。

十中八九《じっちゅうはっく》、シャチは藤堂がスイスのシュタイン銀行に口座を持っていることを摑《つか》んでいる。だからこそ、スイス行きを予想しているはずだ。

藤堂は家族とともに歩いたウィーンを眼裏《まなうら》に再現し、フュッセンからの行き方を考えた。

変装でもしようかと思ったが、シャチ相手ではどんなに巧みに化けても無駄だ。ツアーに紛れ込むのも手かもしれない。

明日の予定を立ててから、藤堂は目を閉じる。

ノイシュヴァンシュタイン城の麓《ふもと》はひっそりと静まり返っていた。


藤堂は現地日本人が主催しているツアーに参加し、途中で密《ひそ》かに外れてウィーンに入った。すべて計画通りに進み、名も知らない諜報部隊のメンバーをまくことはできた。けれど、シャチは一定の間隔を空けて張りついている。

黒魔術でも取得しないとシャチはまけない、と藤堂が現実逃避にも似た愚痴を心の中で零《こぼ》した時、目の前からやってきた銀に近い金髪の男性にいきなり抱き締められた。

抵抗する間もなく、唇を奪われ、腰を撫《な》で回《まわ》される。

いくらウィーンとはいえ、男同士で口づけを交わしたら目立つ。そう思ったが、さして注目もされず、ウィーンを行き交う人々は何事もなかったかのように通り過ぎていく。前方では若い男女が濃厚なキスを交わしながら歩いていた。

「……Nein」

藤堂がやっとのことでキスから逃れると、金髪の男性はサングラスを取った。真っ青な目が印象的で、その場の雰囲気を一変させるような美青年だ。

「藤堂、俺を忘れたとは言わせない」

流暢《りゅうちょう》な日本語を口にした絶世の美青年に覚えはないが、どこかで会っているのだろう。藤堂、という極道の世界で使っている名前を呼んだから、神戸時代の知り合いではないはずだ。

「道の往来でいきなりキスをするような無礼な知り合いは俺にはいない」

藤堂が厚い胸板を叩くと、絶世の美青年は綺麗《きれい》な目を曇らせた。

「キスぐらいでどうして怒る？」

ファッションモデルのような外見を持つ美男子は何人も知っているが、ギリシャ彫刻さながらの美男子に覚えはない。日本では長身の部類に入る藤堂が、見上げなければならなかった。

軽く百九十センチを超えている身長を縮ませ、肩幅を狭くした瞬間、藤堂の脳裏に号泣していた学生が甦《よみがえ》る。

ロシアン・マフィアの中でも冷酷さで有名なイジオットのボスの跡取り息子だ。

「……もしかして、ウラジーミルか？」

当時、ウラジーミルの目線の高さは藤堂と同じだった。肩幅もこんなに広くなかったし、胸板もここまで厚くはなかったし、筋肉も盛り上がっていなかったはずだ。

「俺がウラジーミルだと気づかなかったのか？」

誰のために日本語を勉強したと思っているんだ、とウラジーミルに恨みがましい目で睨《にら》まれた。青い目には一種独特の迫力がある。

「……大きくなったな」

藤堂は成長しすぎたウラジーミルにただただ圧倒される。清和やリキも筋肉隆々の大男で、藤堂は張り合えないが、ウラジーミルは根本的にすべてが違った。

「藤堂を女みたいによがらせるために成長した」

前はよがらなかった、とウラジーミルは真剣な顔でふたりの過去を示唆した。

「こんなところで言うセリフじゃない」

雪が降りしきるロシアで、イジオットのボスの跡取り息子と一度のみならず何度も身体を繋《つな》げたことがある。藤堂が望んだ関係ではなかったが、抹消したい過去でもない。あの当時ならウラジーミルの腕を拒もうと思えば拒めたのに、そうできなかったのだ。

「誰もわからない」

ウラジーミルは周囲に日本語を理解できる者がいないと言いたいらしい。確かに、話を聞き取れる範囲に東洋人はいない。いないけれども……。

「俺に尾行がついている」

ウラジーミルはイジオットのボスを凌駕《りょうが》する後継者と言われている。今日の再会が偶然でないならば、藤堂に一定の距離を置いて張りついているシャチにも気づいているはずだ。

今現在、シャチは二十メートル近く離れた帽子屋の前で佇《たたず》んでいる。

「眞鍋組の尾行がついていても問題はない。キスを見せつけてやる」

ウラジーミルはニヤリと不敵に笑うと、藤堂の腰を強く抱き直した。再度、唇を重ねようとする。

「……待て」

藤堂はウラジーミルの唇を手で押さえ、きつい目でキスを拒んだ。

「いやだ」

ウラジーミルはキスを阻《はば》んだ藤堂の手をペロリと舐《な》めた。思わず、藤堂はウラジーミルの唇から手を引く。

「ウラジーミル、そんな子供みたいな……ああ、身体は大きくても子供だったな」

藤堂がどこか遠い目で過去を口にすると、ウラジーミルは拗《す》ねたようにポツリと言った。

「どうしてロシアに来ない？」

藤堂が清和に敗北を喫した後、ロシアに逃げてくるものだと思っていたらしい。ウラジーミルに咎《とが》めるように尋ねられ、藤堂は対応に困ってしまう。何しろ、ロシアもイジオットのウラジーミルもまったく脳裏に浮かばなかった。イジオットの次期ボスと藤堂組の組長として接したことは一度もなかったからだ。

凶悪な暴走族の奏多と同じように、藤堂の援軍は意外なところから現れるのかもしれない。

「俺は寒いのは苦手だ」

藤堂は温暖な気候の神戸に生まれ育っており、ロシアのような極寒には耐えられない。

気候を理由に挙げると、ウラジーミルは吐き捨てるように言った。

「下手《へた》な言い訳はいい」

ウラジーミルは藤堂の腰を抱いたまま、老舗《しにせ》の高級ホテルに向かって悠然と歩きだした。彼の目的がなんであるか、声に出して確かめるほど、藤堂は鈍くもなければ初心《うぶ》でもない。

「今さらだが眞鍋のマークの前で君とホテルに泊まるのは危険だ」

ただの一般人男性ならいざ知らず、イジオットの次期ボスともなれば、シャチも黙ってはいないだろう。東京にいる清和を刺激することになりかねない。

「眞鍋の尾行を始末してやる」

冬将軍を背負う男、という異名を持つウラジーミルは、S級の殺し屋を扱う立場になっている。イジオットには殺人機械と呼ばれるメンバーが何人も在籍しているはずだ。

「眞鍋には絶対に手を出すな」

「殺せばそれですむ」

一度も仕事に失敗したことのないシャチとイジオットの殺人機械が戦えば、最高のショーとなるだろうが、今の藤堂の立場では楽しむことはできない。ウラジーミルらしいといえばウラジーミルらしいが、清和に対する宣戦布告になるので、これぱかりは承諾できなかった。

「今、眞鍋と揉《も》めるわけにはいかない」

「桐嶋を狙《ねら》われるから？」

ウラジーミルにズバリと指摘され、藤堂は驚愕《きょうがく》で目を瞠《みは》った。うるさいシャチを手っ取り早く始末できないもどかしさに混じるウラジーミルの嫉妬《しっと》を感じる。

「ウラジーミル、眞鍋の尾行をまいてくれ。話はそれからだ」

藤堂が溜《た》め息《いき》をつくと、ウラジーミルは面白くなさそうに口元を歪《ゆが》めた。

「まいたら……わかっているな？」

「ああ」

ウラジーミルの不遜《ふそん》な微笑に促されて、藤堂は伝統を感じるカフェに入った。窓際のテーブルにつき、ブラックタイを締めたスタッフにコーヒーを注文する。シャチも呼び寄せたメンバーと入店した。

「藤堂、桐嶋元紀《もとき》と寝たのか？」

ウラジーミルはコーヒーを一口飲んでから、なんの前触れもなくいきなり、硬い声で尋ねてきた。

「寝ていない」

「どうして桐嶋元紀と寝ない？」

ウラジーミルはこんな性格だったか、と藤堂は真正面に座っているウラジーミルの端麗な顔をまじまじと眺めた。氷のように冷徹な男と評判の次期ボス候補とは思えない。

「俺と桐嶋元紀はそういう関係じゃない」

なぜそんな疑問を持つのか、ウラジーミルを問《と》い質《ただ》したくなる。藤堂は背中にシャチの視線を感じながらコーヒーを口にした。

ウィーンのカフェで飲むコーヒーは格別だが、ゆっくり味わっている時間はない。

「桐嶋元紀とセックスしたくないのか？」

「したくない」

「親友？」

親友という言葉がくすぐったいが、ロシア人の口から聞くと不思議なくらいしっくり受け入れられる。

「ああ、そうだ」

「眞鍋の二代目と寝た？」

突拍子《とっぴょうし》もないウラジーミルの質問に、藤堂は手にしていたコーヒーカップを落としそうになった。

「眞鍋の二代目と寝るわけないだろう」

「眞鍋の二代目はゲイなんだろう？」

東京進出の野心があるのか、ウラジーミルは眞鍋組の内情も摑んでいるようだ。イジオットが本気で狙ったら東京は危ないかもしれない。

イジオットと対立しているロシアン・マフィアのペトロパヴロフスクやヴォロノフも、金の匂いがする東京進出を虎視眈々《こしたんたん》と狙っているはずだ。危機感を持って彼らに対処しているのは暴力団組織であり、日本の行政や警察は性懲りもなく内輪揉めの権力闘争に明け暮れている。

「眞鍋の二代目は同性のパートナーと暮らしているがゲイではない」

「弓削《ゆげ》と寝たのか？」

藤堂組の若頭を務めていた弓削の名を出され、藤堂はウラジーミルの情報源を訝《いぶか》しがった。イジオットの情報網はそんなに弱くなかったはずだが、日本については弱いのだろうか。

「ウラジーミル、どうしてここで弓削が出てくる?」

「弓削は藤堂のそばにいたから」

以前、ロシアに滞在した時、東京にいる弓削にあれこれ指示をし、動かしたのはほかでもない藤堂だ。あの当時、藤堂の手足となって動き、かつ信頼できる駒《こま》は弓削と唐木田《からきだ》ぐらいしかいなかった。

「馬鹿《ばか》らしい」

コーヒーを飲み干した後、藤堂は地下にあるトイレに向かう。

ウラジーミルに指示された通り、藤堂はトイレの手前にある大きな鏡の前で前髪を搔《か》き上《あ》げながら言った。

「So etwas sehe ich zum ersten mal. Phantastisch」

こんなの初めて見ました、素敵ですね、というドイツ語を言い終えるや否《いな》や、ギィイイイイ、と大きな壁に埋め込まれていた扉が動き、藤堂の前に秘密の通路が現れる。

ブラックタイを締めた紳士に恭《うやうや》しく迎えられ、藤堂は注意深く奥に進んだ。シャチが地下に下りてきている気配はない。

どこをどのように進んでいるのか不明だが、藤堂はブラックタイを締めた紳士に導かれるまま、カフェの地下通路を辿《たど》り、階段を上がったと思えば下り、モーツァルトが十三番目に作曲したセレナーデの『アイネ・クライネ・ナハトムジーク』の第一楽章が流れる部屋から人通りの少ない通りに出た。

藤堂が礼を言う間もなく、ブラックタイを締めた紳士は去ってしまったが、今度は目の前に銀色のジャガーが現れる。

ウラジーミルに指定された車のハンドルを握っているのは、やけに迫力のあるロシア人男性だ。おそらく、ウラジーミルの部下だろう。

藤堂はにっこり微笑むと、スマートな動作で車に乗り込んだ。

ウラジーミルの部下は無言のまま発車させ、パリに向かって猛スピードで走りだした。

シャチ及び眞鍋組関係者の尾行は見当たらない。

これで上手《うま》くいくかな、と藤堂は車窓に広がる優雅な街並みを穏やかな気持ちで眺めた。

ウラジーミルと初めて会ったのは、藤堂が金子《かねこ》組の若頭補佐として売りだし中だった二十二歳の頃だ。

金子組の構成員になって以来、藤堂は抜群の語学力と頭脳を活用し、物凄《ものすご》い勢いで金を稼いだ。傾きかけていた金子組の経済を立て直したのは若い藤堂だ。組長である金子には特に可愛《かわい》がられ、二十二歳にして若頭補佐の地位も得た。

もっとも、藤堂はヤクザらしからぬ容貌《ようぼう》でさんざん馬鹿にされていた。金子組の内部でも藤堂を若い優男《やさおとこ》として軽く扱う輩《やから》が多かったものだ。常に藤堂はそういう輩を実力でねじ伏せてきた。

ゆえに、ロシアン・マフィアのブルガーコフと麻薬ルートが絡《から》んだ仕事を、古株の幹部とともに任されたのだ。まとまれば大きな利益が望める。

ロシア語どころか英語も話せない古株の幹部や腕の立つ構成員と一緒に、藤堂は極寒のロシアに飛んだ。

『藤堂、優男の出る幕はない。キサマは通訳だ』

古株の幹部は急に伸し上がった藤堂が気に食わないのか、わざわざ通訳だと宣言した。

藤堂にしても古株の幹部を怒らせてまでしゃしゃり出るつもりはなかった。

『わかっています』

金子組と手を組み、麻薬の売買を開始するブルガーコフの幹部と交渉するのは藤堂の役目だった。急遽《きゅうきょ》、ロシア語を集中的に勉強したがそう簡単に理解できない。英語で交渉することになったから助かった。

少し話しただけでブルガーコフが卑劣な組織だと気づき、金子組は潰《つぶ》されるのではないかと危機感に駆られたが、同行した幹部はまったく意に介さない。

その時、ブルガーコフは敵対していたイジオットのボスの息子を誘拐して本拠地に監禁し、縄張りを拡大させようと画策していた。そう、ロープで縛られ、ブルガーコフの屈強な男たちに蹴《け》り飛《と》ばされそうになっていた学生がウラジーミルだ。

『さぁ、ウラジーミル坊や、パパに泣きつけ』

『パパがモスクワを手放したらママのところに帰してやる。モスクワを手放さなかったらママのところには帰れないと思え』

ブルガーコフの男たちはロシア語で何やら言いながら、拘束したウラジーミルに暴力を振るう。今までイジオットに新興勢力のブルガーコフは手も足も出なかったからだ。ボスである父親への報復とばかり、真面目《まじめ》に学校に通っていたウラジーミルを痛めつけた。

藤堂は見ていられなくて、ブルガーコフの男たちを英語で止めた。いや、言葉でブルガーコフの男たちは止まらない。

藤堂はポケットマネーを積み、ブルガーコフの男たちからウラジーミルを借り上げたのだ。

金子組の幹部や構成員は藤堂が良家の子息だと知っていたから、弱い男だと馬鹿にしたように嘲笑《あざわら》うだけだった。

ブルガーコフの本拠地に与えられた一室で、藤堂はウラジーミルの身体を労《いたわ》った。

医者を呼んだほうがいいのか迷った藤堂が英語で問うと、ウラジーミルは横柄な態度で英単語をひとつ口にした。

『Painless』

どこからどう見ても誘拐された子供の態度ではない。

父親が助けてくれると信じているのか、ウラジーミルは何者にも屈しない不屈の瞳《ひとみ》で藤堂を貫いた。ブルガーコフのメンバーがいきり立った理由がよくわかる。桐嶋もこういうタイプで、藤堂は幾度となく冷や汗を掻いたものだ。

そのうち君の父親との交渉が始まるからそれまではおとなしくしていてほしい、そうすれば君は無事に帰ることができる、という主旨の言葉を英語で繰り返す。

帰宅途中の学生を誘拐し、暴力を振るう非道の所業に藤堂の心はささくれ立っていた。おまけに、襲われた時、ウラジーミルの隣には同じ歳《とし》の恋人がいたという。ウラジーミルは恋人を庇《かば》って、拉致《らち》されてしまったらしい。

ウラジーミルに逃亡する気配がないと察し、藤堂は彼の手足を拘束していたロープを解く。

予想通り、ウラジーミルは不審な動きを見せず、イタリア製のソファに静かに座った。

ロシアでは金属製の湯沸かし器であるサモワールを使って紅茶を淹《い》れる。藤堂が慣れない手つきで紅茶を淹れると、ウラジーミルは礼も言わずに飲んだ。

傲岸不遜《ごうがんふそん》なウラジーミルに苦笑を漏らしつつ、藤堂は彼にチョコレートや焼き菓子を差しだす。彼は子供の頃から神童と称《たた》えられていたほど優秀で、誰よりも将来を嘱望されていた。ボスが次期ボスである跡取り息子を見捨てることはないだろう。

藤堂も金子組の幹部もブルガーコフの面々も、イジオットのボスからコンタクトがあるものだと思っていた。

だからこそ、日本の政治家の不適切な発言がロシアのニュースで取り上げられた日、イジオットの実動部隊がブルガーコフの本部を襲ってきた時は吃驚した。それも拉致されたウラジーミルともどもブルガーコフのメンバーを皆殺しにしようとした。もっとも、藤堂の咄嗟《とっさ》の判断でウラジーミルは生き延びたが。

『ウラジーミル、ボスはご立腹です。どうしてブルガーコフ如《ごと》きに拉致され、自力で脱出もせずに監禁されているのか、と』

イジオットのボスの側近がウラジーミルにマシンガンを向けたまま、容赦のない言葉を浴びせた。

『無能な後継者は無用だと、ボスから抹殺指令が下りました。恨まないでください。すべてはあなた自身が招いたことです』

イジオットのボス、すなわち父親にウラジーミルは無能の烙印《らくいん》を押され、あまつさえ始末されそうになっている。

藤堂は実父に殺されそうになった自分を思いだし、顔色を失ったウラジーミルに床に転がっていたマシンガンを手渡した。

その瞬間、ウラジーミルの生まれながらに背負っていた冬将軍が目を覚ました。

『俺を誰だと思っている？　俺が誰かよく考えてから言え』

ウラジーミルは高らかに宣言すると、イジオットのメンバーに向かってマシンガンを乱射した。

藤堂はきっちりと狙いを定め、柱の陰からボスの側近の眉間《みけん》を撃ち抜く。間髪入《かんはつい》れず、イジオット側の責任者の心臓にも鉛玉を撃ち込んだ。躊躇《ためら》っているひまはなかった。初めて人を殺したショックに苛《さいな》まれている時間もない。ただただ生きるために戦った。

不利な銃撃戦はどれぐらい続いただろうか。

ウラジーミルと藤堂はたったふたりで、イジオットの実動部隊を壊滅させた。気づいた時、血の海には多数の死体が転がっていた。

生き残ったのは藤堂とウラジーミルだけだ。

金子組の幹部や構成員はイジオットのメンバーに殺され、古い暖炉《だんろ》の前で絶命している。ブルガーコフのボスや幹部を筆頭に末端のメンバーまで亡《な》くなっていた。これではブルガーコフは滅びるしかないだろう。

おそらく、イジオットのボスは嬉々《きき》としてブルガーコフが握っていた利権を手中に収めるはずだ。もしかしたら、それが狙いだったのかもしれない。

藤堂はブルガーコフが肖像画の裏に隠していた、麻薬密売のルートと売人を記したマイクロチップを手にした。ついでに、ブルガーコフの隠し金庫のキーもスーツのポケットに入れる。

金子組の幹部や構成員が殺され、藤堂はひとりおめおめと日本に帰るわけにはいかない。若頭補佐のメンツにかけて、それなりの土産《みやげ》がないと帰国できないのだ。

ウラジーミルは敵がいなくなってもマシンガンを手放そうとはしない。

藤堂は実父に殺されかかった息子の気持ちが誰よりもわかる。十九歳の時、父親に飲めないワインを勧められ、泥酔した挙げ句、会社の屋上から突き落とされそうになったからだ。桐嶋に助けられて一息ついた時、藤堂は生まれて初めて恥も外聞もなく泣き叫んだ。

ウラジーミルは血の海の中、マシンガンを抱えたまま、獣のように号泣している。かつて桐嶋が自分にしてくれたように、藤堂は無言でウラジーミルを力の限り抱き締めた。

ウラジーミルは実父に対する恨みを吐露しない。すべての物事の根底が覆《くつがえ》され、感情が複雑に絡み合っているのだろう。今はなんの言葉もかけないほうがいい。

藤堂は血の臭《にお》いに咽《む》せ返《かえ》りつつ、ウラジーミルを抱き締め続けた。あの修羅《しゅら》は生涯、忘れることができない。

遠からず、イジオットのメンバーがブルガーコフの本拠地に乗り込んでくる。ウラジーミルにどんな運命が待ち受けているのか、ロシアン・マフィアの情報が少ない藤堂は判断ができない。

ただ、ウラジーミルの気持ちは手に取るように想像できる。過去の藤堂がそうだったように、ウラジーミルも自ら死を選ぼうとするかもしれない。藤堂は衝動的に何度も自殺しようとしたが、その都度、桐嶋に気づかれて止められた。

『カズ、俺をおいて死ぬな。死ぬんやったら俺を殺してから死ね』

桐嶋の涙混じりの罵声《ばせい》は今でも耳に残っているし、摑まれた腕の力の強さも覚えている。

ウラジーミルから目を離したら逝ってしまうな、と藤堂は在りし日の自分と号泣するウラジーミルを重ねた。

俺と一緒に来ればいい、と藤堂が優しい声音で言うと、ウラジーミルは泣き腫《は》らした目で頷《うなず》いた。

いつまでもイジオットから逃げることはできないが、ウラジーミルが自分を取り戻すためには時間が必要だろう。

藤堂はウラジーミルを連れて、外資系の高級ホテルに移った。

その夜、藤堂はウラジーミルに抱かれたのだ。いや、縋《すが》るように甘えてくるウラジーミ

ルを身体で宥《なだ》めたといったほうが正しい。

女みたいに喘《あえ》げ、とウラジーミルに求められ、藤堂は唖然《あぜん》としたものの苦痛に耐えて言い返した。

『That's a tall order』

藤堂が生理的な涙を零しても、ウラジーミルの要求は変わらなかった。

ウラジーミルは女性との経験はあったが、男相手にはまったくなかったという。

藤堂はウラジーミルに抱かれるとは思ってもいなかった。だが、どれほどウラジーミルが傷ついているか知っているから拒めなかった。

どうして女のように濡《ぬ》れないのか、ウラジーミルはしきりに藤堂の身体を不審がった。

ウラジーミルのあまりの言い草に、男の身体を持つ藤堂は失笑したが、不思議なくらい怒りは湧《わ》かない。

男だから濡れるわけないだろう、と藤堂が説明してもウラジーミルは青い目で命令した。

濡れろ、と。

ベッドで交わされるふたりの言い合いは平行線を辿ったが、ウラジーミルが自分からイジオットに帰るまで、毎夜、藤堂は抱かれ続けた。

そのウラジーミルとウィーンで再会するとは夢想だにしていなかった。まして手を貸してもらうことになるとは。

ウラジーミルとの過去が脳裏を走馬灯のように廻《まわ》っているうちに、いつしか、藤堂を乗せた車はパリに入っていた。

ウラジーミルが所有しているアパルトマンで車が停《と》まる。

注意深く辺りを見回したが、イジオットのメンバーが護衛しているものの、シャチの影は見当たらない。

やっとまけたか、と藤堂は安堵《あんど》の息をつきながら、アールヌーボーの代表的な建築家が手がけたアパルトマンに入った。

あとは藤堂が部屋でウラジーミルを待つだけだ。

4

パリ屈指の高級住宅街として名高いパッシー地区にあるアパルトマンで、藤堂《とうどう》は三日目の朝を迎えた。外観のみならず内装や家具、装飾品の数々も、曲線が特徴的なアールヌーボーで、部屋に閉じこもっていても目に楽しくて飽きることがない。食事はウラジーミルの部下が運んでくるから、わざわざ外出する必要はなかった。

藤堂はパソコンで日本国内の状態を把握した。ついでに、情報屋から東京及び眞鍋《まなべ》組の情報を得る。

藤堂組に殴り込みをかけた二代目姐《あね》に対する危機感が募ったらしい。眞鍋組の男たちは一丸となって二代目姐に退職を迫っているという。しかし、二代目姐は頑として拒み、退職しようとはしない。挙げ句の果てには、眞鍋組の男たちは二代目姐の勤務先に押しかけ、見張るために診察を受けているそうだ。

「……ガセネタじゃないのか？」

藤堂は白百合《しらゆり》を彷彿《ほうふつ》させる氷川《ひかわ》に振り回される屈強な男たちを瞼《まぶた》に再現した。ありえる話かもしれない。

リキに焦《こ》がれているホストやデザイナー、警察のキャリアも出てきて、一問着《ひともんちゃく》ありそうな雰囲気だが、眞鍋組を揺るがすような事態にはならないだろう。リキには弱点が見当たらない。唯一、リキを庇《かば》って死んだ初代松本力也《まつもとりきや》の妻子が弱みかもしれないが、そこに手を出すことは人として憚《はばか》られる。

植物状態になっている眞鍋組の初代組長の容態は変わらず、妻である初代姐が献身的な介護を続けていた。時折、初代姐の親戚筋《しんせきすじ》に当たる京子《きょうこ》が手伝っている。氷川の出現で清和《せいわ》に捨てられたが、初代姐が眞鍋本家にいる限り、眞鍋組との縁がまったく切れたわけではない。

「……京子さん、二代目を忘れられないのか」

藤堂は激しい京子の性格を知っているから、今の静けさが無気味でならない。たぶん、このままでは終わらないだろう。いつか、必ず、何かしらの報復を清和と氷川にするはずだ。

藤堂がパソコンの電源を落とした時、なんの前触れもなく、ドアが開いてウラジーミルが入ってきた。

「ウラジーミル？」

ノックぐらいしたらどうだ、と藤堂が口にする間もなかった。逞《たくま》しい腕が伸びてきて、藤堂はウラジーミルの胸に引き寄せられる。

「藤堂、ベッドに行け」

ウラジーミルがベッドで何をするのか、確かめる必要はない。

「シャチはまけたのか？」

トイレに行った藤堂がいつまでたっても帰らず、ウラジーミルが平然とテーブルで携帯電話を眺めているので、シャチは何が起きたのか察したようだ。課報部隊《ちょうほうぶたい》のメンバーがカフェの外に出て、藤堂の行方《ゆくえ》を追ったらしい。シャチはウラジーミルを尾行した。

「ウィーンからミラノ。ミラノからシチリア島に行って、懇意にしているマフィアのボスと会ってきた。シチリア島でシャチは消えた」

シャチのことだから当然ウラジーミルの素性《すじょう》に気づいているはずだ。イジオットの次期ボスを尾行するリスクを考慮したのかもしれない。

「そうか」

「約束を果たせ」

ウラジーミルに腰を抱かれて、藤堂はキングサイズのベッドがあるベッドルームにいざなわれた。気は進まないが、この期《ご》に及《およ》んで拒絶するわけにはいかない。

「藤堂、こんなに細かったか？」

シーツの波間に沈められた途端、ウラジーミルから不審そうに尋ねられ、藤堂は戸惑った。

「俺じゃなくてウラジーミルが育ったんだ」

十年前から藤堂の体格はほぼ変わっていない。どんなに鍛えようとしても、骨格的に筋肉がつきにくいことを知っていた。

「日本人は細いな」

「ロシア人に比べたらそうかもしれない」

「初めて藤堂を見た時、子供のヤクザがいると驚いた」

当時、ウラジーミルはスーツ姿の藤堂を年下だと思ったらしい。おしなべて、東洋人は若く見られるが、線が細くて甘い顔立ちの藤堂はいつも幼く見られていた。

「子供じゃない」

初めて肌を重ねた夜、ウラジーミルは藤堂の背中に刻まれた般若《はんにゃ》の刺青《いれずみ》に仰天した。暴力団関係者だと頭では理解していても、藤堂の優しげな外見から極彩色の刺青が連想できなかったという。

「今でも二十歳《はたち》ぐらいにしか見えない」

ウラジーミルの大きな手が、藤堂のシャツのボタンを引きちぎるように外していった。成人してもスマートなベッドマナーを習得していない。

「俺はそろそろ三十に手が届く」

お前が抱こうとしている男は三十だ、と藤堂は涼やかな目で語った。ウラジーミルならばどんな美男美女でも思うがままだ。わざわざ三十男に手を出す必要はない。

「ロシアなら学生で通る。パリでも学生で通るだろう」

ウラジーミルは印象的な青い目を細めて、藤堂の白いシャツを剝《は》ぎ取《と》り、ズボンのベルトに手をかけた。藤堂の歳《とし》を改めて聞いても、まったく気持ちは変わらないらしい。

「ウラジーミル、君は二十五になったのか」

絶世の美男子には違いないが、あまりにも目が冷たすぎる。妙に厭世的《えんせいてき》なものを感じた。

「ああ」

「東京にいてもイジオットの若い冬将軍の評判は聞こえてきた」

あの時、藤堂はウラジーミルを連れてロシアのホテルで過ごした。スイートルームにピアノがあり、藤堂は数年ぶりに鍵盤《けんばん》に触れ、無意識のうちにラフマニノフの『ピアノ協奏曲第二番ハ短調作品18』を弾いていた。ラフマニノフの代表作であり、映画にも幾度となく使用されているクラシック音楽の代表格だ。家を出て以来、ピアノを弾く余裕はなかったし、そんな気にもならなかったというのに、ロシアでどうしてそんな衝動に駆られたのか。

藤堂が奏でるピアノの音色に無言で耳を傾けたのがウラジーミルだ。

もっとも、一日中、ホテルに閉じこもっているわけではなく、ウラジーミルを連れて食事に出かけたりもしたものだ。

『ウラジーミル、ロシアの名物料理を食べに行こう。案内してくれ』

傍目《はため》にどう映ったのかは不明だが、警察官に尋問されることもなかったし、風体《ふうてい》の怪しい輩《やから》に絡《から》まれることもなかった。イジオットの関係者が接触してくることもなかった。

藤堂がブルガーコフ関係の後始末を追え、組長から帰国命令が飛んだ頃、見計らったかのように、ウラジーミルは別れを切りだした。

『藤堂、俺は家に帰る』

ウラジーミルの家とは自分を殺そうとした実父がいる場所だ。後継者候補としてウラジーミルの弟もふたりいる。

『そうか』

もともと芯《しん》の強い男なのか、先祖から脈々と受け継いだ血のなせる業か、ウラジーミルから死の影は消えている。そもそも、ウラジーミルはかつての藤堂のように一度も自殺しようとはしなかった。

『俺はイジオットのトップに立つ』

実父に無能の烙印《らくいん》を押されて抹殺されかけ、ウラジーミルの自尊心に火がついたのかもしれない。泣きじゃくっていた子供ではなく、大組織のトップを狙《ねら》う男への階段を上り始めている。

『ウラジーミルならばトップに立てるだろう』

藤堂とウラジーミルはモスクワの街角で別れ、それぞれの目的地に向かった。以後、ウラジーミルとは一度も会っていなかった。

けれども、ウラジーミルが次期ボス候補として認められたことは把握していた。

実父であるボスは、ブルガーコフの本拠地に乗り込んだイジオットのメンバーを返り討ちにしたウラジーミルに満足したという。それでこそ私の息子だ、と。

「俺の評判が東京にも届いていたのか?」

日本の暴力団の抗争がゲームに思えるほど、ロシアン・マフィアの戦い方は苛烈《かれつ》だ。ペトロパヴロフスクやヴォロノフは各国でも畏怖《いふ》されているロシアン・マフィアだが、旧ソビエト連邦時代から歴史を繋《つな》いでいるイジオットの凄《すさ》まじさはほかの追随を許さない。

「無事を祈った」

イジオットのボスの跡取り息子が主導した戦い方は、ロシアのみならず欧州中に広まった。死神と契約でも結んだのか、ロシアに進出しようとしたトルコ系マフィアをウラジーミルひとりで壊滅させている。イタリアでシチリア系のマフィア相手に一歩も引かなかった戦争は狂気じみていた。

「ほかにすることがあっただろう」

「……ん?」

「藤堂はどうして俺に助けを求めない?」

ウラジーミルは忌ま忌ましそうに、藤堂のズボンのファスナーを下ろした。今にもファスナーを壊しそうな勢いだ。

「イジオットの若き冬将軍にコンタクトを取るほど、俺は増長していない。己を弁《わきま》えている」

ウラジーミルにコンタクトを取れば、日本にイジオットの勢力を呼び込みかねない。日本の暴力団は海外のマフィアと違って、普段は争っていても外敵には手を組んで阻《はば》んできた。関東も共闘を掲げる大親分の下《もと》、海外組織の猛攻を食い止めることに必死だ。

「大嘘《おおうそ》をつくな。俺を忘れていたんじゃないか？」

ウラジーミルは険しい形相《ぎょうそう》で藤堂のズボンを下着ごと引き抜いた。甘いムードは微塵《みじん》もない。

「忘れるわけないだろう」

あまりにも印象と思い出が強烈すぎて、ウラジーミルは忘れようとしても忘れられない男だ。

「眞鍋と戦うならば俺に共闘を申し入れればいい。お前の部下は使えないが、俺の部下は使える」

小汚い手を駆使して生き抜いてきたが、藤堂にも藤堂なりの禁忌があった。海外勢力を手引きする気にはなれなかったのだ。たとえ、勝機が見込めても。

「あの時、藤堂組は長江《ながえ》組の傘下に入ることが決まっていた」

藤堂は眞鍋組と戦う前に広域暴力団・長江組の大原《おおはら》組長と盃《さかずき》を交わした。言うなれば、長江組の力をバックに清和に戦いを挑んだのだ。長江組のバックがあればほかの力はかえってないほうがいい。

「藤堂が長江組の力を借りる必要はなかった。俺に一声かければそれですんだんだ。眞鍋組も長江組もイジオットが相手にした」

イジオットの次期ボスにとって、長江組はさしたる脅威ではない。

「ウラジーミル、俺はイジオットが怖い」

日本をイジオットに明け渡す気にはなれない、と藤堂は心の中で続けた。口にしなくてもウラジーミルに通じたようだ。

「無意味に怖がる必要はない」

日本制覇の野望はない、とウラジーミルは冷たい双眸《そうぼう》で雄弁に答える。

「君はまだイジオットのボスじゃない。だからこそ怖い」

ウラジーミルの父親や祖父の驀進劇《ばくしんげき》はロシアの闇歴史《やみれきし》で輝いている。表稼業のビジネス手腕もなかなかだが、敵対組織に対する非情さは際立っていた。邪魔者は殺せ、が徹底しているのだ。

「もう少し待て」

宣戦布告の如く、ウラジーミルは裸の藤堂に向かって不敵に微笑《ほほえ》んだ。

「……ウラジーミル？」

一瞬、ウラジーミルの背後に白銀の世界が見えたような気がした。実父であるボスに忠誠を誓う息子ではない。

「お前が望むなら、俺は今すぐにでもイジオットのトップに立つ」

ウラジーミルは実父の抹殺になんの躊躇《ためら》いもない。嘘でもなければ冗談でもなく、彼は本気で実父の命を狙っている。

藤堂はウラジーミルのシャープな頰《ほお》を優しく摩《さす》った。

「まだ早い。ボスに殺し屋を差し向けるのはやめろ」

ウラジーミルが実父の命を狙う理由がわからないわけではない。もっとも、藤堂は実父の命を狙ったことは一度もなかったし、始末を考えたことさえなかったが。

「楽な死に方はさせてやらない」

どんな残酷な殺し方を想像しているのか、美の女神から多くの恩恵を受けた美青年に喩《たと》えようのない影が走る。心なしか、部屋の温度が下がった。

どちらにせよ、まだまだ若いウラジーミルが巨大なイジオットのトップに立つことは危険だ。そのことはウラジーミル自身、わかっているだろう。

「ウラジーミル、君の戦い方は荒っぽい……荒っぽいなんてものではない。ロマノフの後継者とは思えない」

藤堂は宥《なだ》めるようにウラジーミルの雄々《おお》しい背中に手を回した。できれば行為を避けたいが、この様子ではどだい無理な話だ。これ以上、ウラジーミルの鬱屈《うっくつ》を刺激しないうちに行為に突入したほうがいいかもしれない。

「ロマノフの後継者？　俺がロマノフ王朝の末裔《まつえい》だと知っているのか」

ロシア革命によってロシア帝国のロマノフ王朝は滅亡したが、傍系の皇子が再興を誓って地下に潜り、秘密結社のイジオットを結成したのだ。ソビエト連邦時代には何度もＫＧＢに追い詰められたものの、イジオットは生き延びている。イジオットのボスを『皇帝』と揶揄《やゆ》する事由だ。

「ああ。秘密事項ではないだろう？」

以前、ロシアを訪れた時、藤堂はブルガーコフの幹部からイジオットの成立について聞いている。時代錯誤の集団、帝政ロシアの亡霊、とブルガーコフのメンバーは嘲笑《あざわら》っていたものだ。

「ソビエト連邦が崩壊した時、イジオットはただのマフィアに成り下がっていた。第一、誰も皇帝の復活を望まなかった」

ウラジーミルは自嘲《じちょう》気味に語ったが、なんとも形容しがたい悲哀を感じる。

欧州の貴族が羨望《せんぼう》したロマノフ朝の栄華も、ニコライ二世や皇太子の無残な最期《さいご》も遠い昔の伝説と変わらなくなっている。

「時が流れすぎたか」

ソビエト連邦は全世界を冷戦下の陣営に引き裂いた超大国だったが、七十四年の歴史を刻んで地上から消え去った。

七十四年が短く感じるか、長く感じるか、それは立場によって違う。ロマノフ王朝の関係者にとっては長すぎる七十四年だった。

「イジオットの先達が甘すぎた。藤堂の戦い方も甘い。どうして橘高《きったか》清和を殺さない？」

ウラジーミルは硬質な声で言ってから、藤堂の目尻《めじり》に唇を這《は》わせた。

「日本のヤクザはマフィアと違う。橘高清和を殺せばすむ問題ではないんだ」

本物の極道がどういうモンか知らんやろ、という桐嶋《きりしま》の罵声《ばせい》が藤堂の耳にこびりついている。

藤堂自身、盃を交わした相手に命をかけて忠義を尽くす極道がいることはよく知っていた。清和には清和のために自爆する極道が少なくはない。妬《ねた》ましいぐらいの熱い絆《きずな》だ。

「橘高清和を殺してやる」

藤堂が敗北した相手だから、ウラジーミルは眞鍋組の二代目組長に興味を持っているのだろう。冬将軍を背負った男のべらぼうに高い自尊心を考えれば、下手《へた》なことは言わないほうがいいと判断する。

「俺の獲物に手を出さないでくれ」

藤堂は暴走族のブラッディマッドの総長に向けた言葉を、ウラジーミルにも告げた。奏《か》多《た》とウラジーミルはいろいろな点で違うが、途方もなく危険な人物であることは同じだ。

「藤堂の獲物なのか？」

目論見《もくろみ》通り、ウラジーミルは『獲物』という言葉に反応する。

「ああ、眞鍋の二代目は俺の手で地獄に送る」

「甘いお前のほうが地獄に送られそうだけどな」

ウラジーミルは吐き捨てるように言ってから、藤堂の額に唇でそっと触れた。昔、そこにロシアで傷を負ったことをウラジーミルは覚えているようだが、すでに傷跡は消えている。

「俺を甘いと言う奴は珍しい」

「甘いさ。あの時も俺にブルガーコフの麻薬密売のマイクロチップを渡したくらいだ」

当初、藤堂はブルガーコフの麻薬密売のルートや売人を記したマイクロチップを、金子組の組長に進呈するつもりだった。だが、ウラジーミルがイジオットに帰ると聞いて、土産《みやげ》のつもりで譲渡したのだ。

父親に無能の烙印を押されたウラジーミルには役に立ったはずだ。

「ああ、当時の俺にも金子組にもブルガーコフの密売ルートは荷が重すぎた。隠し金庫の財産でロシア土産は充分間に合った」

藤堂は今でも自分が取った判断は正しかったと思っている。金子組ではブルガーコフのマイクロチップを有効に使うどころか、振り回されて自滅しただろう。隠し金庫に納められていた金塊やダイヤモンド、滅亡した亡国の王冠や盗まれて大騒ぎになった絵画などで、苦しかった金子組の台所は一気に潤った。藤堂の働きは認められ、金子組内の風当たりも柔らかくなったものだ。

「甘すぎる男にヤクザは無理だ」

ウラジーミルは独り言のように呟《つぶや》くと、藤堂の唇に触れるだけのキスをした。角度を変えて、ついばむようなキスを何度もした後、藤堂の口腔内《こうこうない》に舌を侵入させる。

口づけに性差はない。ウラジーミルの舌に追い上げられ、藤堂は素直に搦《から》め捕《と》られた。昔からキスは上手だったな、と藤堂は蜜《みつ》を吸い上げられながらぼんやりとウラジーミルのキスを思いだす。氷の彫刻にも似た美男子のキスは意外なくらい情熱的でいて官能的だ。

唇が離れた後、ウラジーミルの目には明確な情欲が滲《にじ》んでいた。

「藤堂、あれから誰かに抱かれたか？」

ウラジーミルは藤堂の首筋に顔を埋《うず》めながら抑揚のない声で尋ねた。藤堂の相手が気になるらしい。

「誰もいない」

調べていたのならわかっているだろう、と藤堂は心の中で文句を零《こぼ》した。誘ってきた男は何人かいたが、藤堂はいつも煙《けむ》に巻いた。

「どうして誰にも抱かれなかった？」

「俺はゲイじゃない」

「ゲイじゃないのに俺に抱かれるのか」

それはどういう意味だ、とウラジーミルは口に出して問いたいらしいが、すんでのところで思《おも》い留《とど》まったようだ。彼がどんな表情をしているのか、藤堂は見ることができない。

「ウラジーミル、あれから俺以外の男を抱いたか？」

意趣返しと言うわけではないが、藤堂は自分に投げられた質問をそのままウラジーミルに返した。

「いや」

ウラジーミルは否定した。今までウラジーミルが抱いた男は藤堂しかいない。こんなことで嘘をつくような男ではないから真実だろう。

「どうして抱かない？」

「俺はゲイじゃない」

「ゲイじゃないのに俺を抱くのか？」

どうして俺を抱きたがるんだ、と藤堂は口にしかけたが、ウラジーミルの高い自尊心を思いだして控えた。下手に突かないほうがいい。

「……藤堂を抱きたいからゲイなのかな」

ウラジーミルは自嘲気味にポツリと零すと、藤堂の首筋に優しく歯を立てた。

「俺を抱く暇があるなら恋人を抱いてやれ」

これだけ魅力的な男ならば、ひとりでいるほうが難しいに違いない。類稀《たぐいまれ》な美女たちが競って身体《からだ》を開くはずだ。

「いない」

「恋人ではなく愛人か？」

恋人を金で囲ったら愛人と呼ばれるのかもしれない。藤堂が表現を変えると、ふっ、とウラジーミルはつまらなそうに鼻で笑った。

「愛人もいない」

愛人のひとりも囲っていないなど、ウラジーミルはロシアン・マフィアの幹部にしては稀有《けう》な男だ。

「ロシア男は手が早いと聞いたが……」

ロシア男の風上にも置けない男がいる、と藤堂は揶揄するように続けたが、ウラジーミルは平然と流している。

「ひとのことが言えるか」

組長ともなれば姐は必要だが、藤堂は頑《かたく》なに独身を守り、決まった相手も作らずに過ごしてきた。石や木でできているわけではないから、つきあいで幾度となく女性を抱いたこともあるが、相手が一線を越えようとしたら即座に排除した。ひとえに弱点を作りたくなかったからだ。

「俺とウラジーミルは違う。綺麗な彼女はどうした？　タチアナ、だったな？」

十七歳のウラジーミルには目の覚めるような美女の恋人がいた。記憶に間違いがなければ、ロシア帝国崩壊後にパリに亡命したロシア貴族の末裔の令嬢で、ウラジーミルの母親の親戚に当たり、結婚という将来を見据えて交際していたはずだ。

「もう女はいい」

どうやら、ブルガーコフに拉致されるまで交際していた彼女が、ウラジーミルの最後の恋人になったらしい。

「次期ボスを狙うならば跡継ぎは必要だ」

「子供はいらない」

やはりそうか、と藤堂はウラジーミルの心の深淵《しんえん》に渦巻く葛藤《かっとう》を思い知る。藤堂が子供を持つ気になれないように、ウラジーミルも父親になりたくないのだろう。女性を寄せつけない最大の理由は子供ではないだろうか。

「断っておくが、俺は男だぞ」

首筋を這い回るウラジーミルの唇に、藤堂は軽く微笑んだ。熱っぽいキスと首筋への愛《あい》撫《ぶ》で、藤堂の下半身は昂《たかぶ》ったりはしない。それこそ、女性のようにふたりが愛し合う器官が自然に濡《ぬ》れることもない。

「知っている」

ウラジーミルの手は確かめるように藤堂の股《こ》間《かん》に触れた。先端から根元まで強弱をつけて揉《も》み扱《しご》く。

初めての時のように、ウラジーミルから藤堂の男性器のサイズに関するコメントは出ない。小さいと、これで大人の持ち物なのかと、当時のウラジーミルはひどく驚いていたものだ。

「今日は驚かないのか？」

藤堂は股間に感じるくすぐったさに頬を緩めつつ、真顔のウラジーミルを軽く茶化した。

「育たなかったのか」

「前も言っただろう？　日本人はこんなものだ」

「女も同じようなことを言っていた」

イジオットで管理している女性の中には、日本人男性を客に持つ娼婦が何人もいる。金払いがいいのと、性行為の淡白さで評判がいい。コンプレックスがあるのか、自分から自身の男性器のサイズについて口にする日本人男性が多いという。

「俺は女のように濡れない」

藤堂が初めての夜を示唆すると、ウラジーミルはぶっきらぼうに答えた。

「わかっている」

ウラジーミルの手は藤堂の股間からその奥に滑り落ちた。狭い器官を探り当てると、そのままこじ開けようとする。

藤堂は下肢を震わせて止めた。

「……待て」

強引に進入してくるウラジーミルの長い指を、なんの準備もしていない藤堂の身体は受け入れられない。

「この期に及んで俺を待たせるのか」

ウラジーミルに鋭い目で非難され、藤堂は苦笑を漏らした。

「拷問でもする気か?」

拷問は単なる暴力だけではなく、古来褥《しとね》でも存在する。特に闇と栄華が交錯したロシアは突出している。

「そんなつもりはない」

「たいした怪我《けが》もせずに生き延びたのに、こんなことで負傷したくない」

藤堂の婉曲《えんきょく》な表現が、ウラジーミルは理解できなかったようだ。早くも熱を持った自身の肉塊により、抗《あらが》いがたい性衝動に突き動かされているのかもしれない。

「爪《つめ》は剝がないし、皮も剝がない。鼻も耳も削ぎ落とさない。骨も折らない。抱くだけだ」

ウラジーミルの指が狭い器官を強引に進み、藤堂は痛みに耐えながら明瞭《めいりょう》な声で言った。

「男の身体は女のように濡れないと言っただろう。何か塗るから」

藤堂は宥めるようにウラジーミルの背中を摩った。指一本でも乾いた器官には凶器になりかねない。

「……ああ、そういえばそうだったな」

藤堂の懸念に気づき、ウラジーミルは思いだしたように指を引いた。傲岸不遜《ごうがんふそん》な男だが、藤堂の身体を傷つけたいわけではない。

「少し待て」

藤堂はウラジーミルの逞しい腕の中から出ようとした。しかし、ウラジーミルの腕に搦め捕られてしまう。

「俺がする」

事前にきちんと準備していたらしく、ベッドルームの脇《わき》にあるチェストの引き出しには潤滑剤のローションとコンドームが収められていた。どちらもロシア製ではなくフランス製だ。

「用意していたのか」

藤堂はコンドームのサイズを確認した自分を心の中で静かに叱責《しっせき》した。

「ああ」

「用意していたのならば忘れるな」

藤堂が呆《あき》れ顔《がお》で言うと、ウラジーミルはローションの蓋《ふた》を開けながらふてくされた。

「お前はどうしてそんなにうるさい」

ウラジーミルの手によってローションが塗り込められ、藤堂はその冷たさとねっとりとした感触に目を閉じた。

湿った音が猥雑《わいざつ》な色を含んで響き渡る。

身体の最奥《さいおう》に入り込んだウラジーミルの指が一本から二本に増やされ、大胆に蠢《うごめ》きだした。入り口付近を擦っていたと思えば、奥を狙われ、あっという間に二本の指が三本になる。

「ウラジーミル、もう少しそっとしろ」

藤堂は興奮しているウラジーミルの熱を冷まそうとしたが無理だった。彼は肉壁の感触

に興奮している。

「キツい」

受け入れる器官ではないから狭くて当然だ、と藤堂は体内で蠢くウラジーミルの指に煽《あお》られそうになり口にできなかった。

「女よりキツい。指がちぎれそうだ」

「……女のように喘《あえ》ぐことはできない」

藤堂が掠《かす》れ気味《ぎみ》の声で釘《くぎ》を刺すと、ウラジーミルは挑むような目で高飛車に言った。

「女みたいに喘げ」

「……なら、女のように喘がせてみろ」

藤堂が煽るように言うと、傲岸不遜な男はペロリと舌で自分の唇を舐《な》めた。まるで獲物に狙いを定める野生の肉食動物さながらだ。

言葉が過ぎたかな、と藤堂が後悔したのは言うまでもない。ロシアの若き皇子は雪崩《なだれ》を連想させる激しさがあった。

5

翌朝、藤堂《とうどう》は倦怠感《けんたいかん》でなかなかベッドから起き上がれなかった。ベッドに沈んでいる藤堂とは裏腹に、ウラジーミルは溌剌《はつらつ》としている。

藤堂はウラジーミルが憎たらしくなったが不満は漏らさない。受け入れた以上、あとで文句を連ねるのは野暮だ。

昼前、ウラジーミルに支えられるように腰を抱かれ、藤堂はブランチを摂《と》るためにサンジェルマン・デ・プレの代表的なカフェに行った。

サルトルが通っていたというカフェの内装は洒落《しゃれ》ていて、スタッフの容姿は甘く整っており、生粋のパリジャンらしいムードが漂っている。

藤堂とウラジーミルはフランス語が話せるので困らない。スタッフは気障《きざ》な動作で注文した料理を運んできた。

「藤堂、行きたいところはあるか？」

ウラジーミルは黙々と料理を平らげてから、おもむろに藤堂に尋ねてきた。

「べつにない」

「じゃあ、ベッドに戻っていいな」

ウラジーミルに真正面から見つめられ、藤堂は面食らってしまった。瞬時に昨夜《ゆうべ》の情交が藤堂の眼裏《まなうら》に再現される。

一度ならず二度、三度、四度、ウラジーミルは藤堂の身体《からだ》の中で絶頂を迎えた。そうして、ようやく満足したのか、左手で藤堂に腕枕《うでまくら》をしつつ、右手で水のようにウオッカを飲んだ。つまみはない。

『藤堂も飲むか?』

『飲めるわけがない』

『どうして?』

ウラジーミルはウオッカを一瓶飲み干してから、藤堂の身体を勢いよくひっくり返した。

『ウラジーミル?』

藤堂は秘部にウラジーミルの熱塊を感じて仰天した。悪い夢でも見ているような気分だ。

『腰を振れ』

つい先ほどまでウラジーミルの巨大な一物に擦り上げられ、秘部は熱を持って腫《は》れている。

拒む前にウラジーミルは肉の隘路《あいろ》をこれ以上ないというくらい広げて、我が物顔で進んできた。

藤堂が堪《こら》えきれずに掠《かす》れた声を漏らすと、ウラジーミルは勝ち誇ったように口角を上げて言ったものだ。『藤堂、もっと声を出せ』と。

結局、昨夜はどれくらい身体を繋《つな》げていたのか確かではないが、藤堂の体調不良の原因は医者の診察を受けなくても明白だ。

ウラジーミルにつき合っていたら身体が保《も》たない。藤堂は珍しく感情を込めて切々と言った。

「ウラジーミル、何を言っている。少しは俺の身体を考えろ」

「行きたいところがないんだろう？」

パリで行きたいところがないのならば相手をしろ、とウラジーミルは横柄な態度で見下ろす。

「労《いたわ》る気持ちはないのか？」

あの苛烈《かれつ》な清和《せいわ》でさえ、圧倒的に負担が大きい氷川を慮《おもんぱか》っているという情報を握っている。

もっとも、ウラジーミルも藤堂の身体を壊したいわけではないようだ。

「ならば、行きたいところを言え」

ウラジーミルにしては珍しい上目遣いで見つめてくる。藤堂が希望する場所に連れていきたいらしい。まるでデートにでも誘っているようだ。

「久しぶりにルーブルに行きたいかな」

本物の芸術に触れることは最高の至福だ、と藤堂の父親や祖父は常々口にしていた。パリは三度、家族と一緒に訪れ、美術館巡りをしたものだ。人類の至宝とも言える絵画に夢中になるあまり、スリに財布を盗まれた苦い思い出がある。

「ルーブル？　いいだろう」

藤堂がカフェを飲んでいると、背中にふと視線を感じた。直感であの男だとわかる。藤堂は振り向かずにウラジーミルに言った。

「ウラジーミル、シャチをまけなかったな」

藤堂の一言で、ウラジーミルもカフェの隅のテーブルにいる日本人に気づいたようだ。

「あいつ、どうしてここにいるんだ？」

ウラジーミルの表情はさして変わらないが、コーヒーカップを持つ手には微かに感情が現れている。

「シャチだからだ」

一度も仕事に失敗したことがないと言われる男は、場所がパリであろうとも、その呼び名に恥じない働きをする。敵ながらあっぱれと素直に称《たた》えるしかない。

「あいつは忍者？」

ウラジーミルは神妙な面持ちで、世界で一人歩きしている日本の忍者について言及した。日本人は忍者だと思い込んでいる欧米人もいるのだ。けれど、イジオットの幹部の口から忍者が飛びだすとは思わなかった。

「忍者かもしれないな」

藤堂が喉《のど》の奥で笑うと、ウラジーミルは真顔で言った。

「忍者だったら生け捕りにしたい」

多くの欧米人のようにウラジーミルも忍者が好きらしい。ウラジーミルの氷のように凍《い》てついた目が輝く。

「夢を奪うようで悪いが、シャチの生け捕りは不可能に近い」

今、カフェ内に点在しているウラジーミルの部下が束でかかっても、シャチは捕まえられないだろう。下手《へた》に監禁などしたら、かえって大切な情報を盗まれるだけだ。ひょっとしたら、シャチは捕まりたくて姿を現したのかもしれない。

「それなら消す」

どんなに好きな忍者であっても、邪魔になるようだったら始末する。すでに脳裏ではシャチの殺害計画が練られだしたようだ。

「やめろ」

言うと思った、と藤堂はウラジーミルの冷酷な美貌《びぼう》を睨《にら》み据《す》えた。

「敵に有能な兵がいたら消すのが正しい」

ウラジーミルが戦う男としての鉄則を口にした。これこそウラジーミルが今まで勝ち続けてきた理由だ。

「あいつの場合、消したほうがやっかいだ。昨夜、さんざん説明しただろう。何度も同じことを言わせないでくれ」

藤堂は宥《なだ》めるようにウラジーミルの手に優しく触れた。ウラジーミルは照れもせず、堂々と握り返してくる。

傍目《はため》には同性愛者のカップルにしか見えないはずだが、芸術の都では誰も咎《とが》めたりはしない。

「シャチは俺を尾行したのか?」

ウラジーミルはシャチに尾行されている気配を感じなかったらしい。

「シャチは君がイジオットのウラジーミルだとすぐにわかったのだろう。ヨーロッパで君が所有しているアパルトマンを部下に張らせたのかもしれない」

自分がシャチならばどうするか、と藤堂は冷静に考えてから、カフェに添えられていたチョコレートを口にした。

「そっちから調べたのか」

どうして俺が所有しているアパルトマンを知っているんだ、とウラジーミルは考えているようだ。高い自尊心とメンツが刺激されたのだろう。

「俺は藤堂の敵の力を見誤っていたようだ」

「ああ、俺の獲物にはああいった有能な男が何人も仕えている」

ウラジーミルはカフェを一気に飲み干すと、スタッフに合図をして、勘定をすませた。

寄り道をせずに、ウラジーミルの部下がハンドルを握る銀のジャガーでアパルトマンに戻る。

藤堂の注意により、部下たちは部屋に盗聴器が仕掛けられていないか点検した。部屋には何も仕掛けられていなかったが、藤堂はずっと護衛についていた若い部下のポケットに盗聴器を見つけた。

若い部下は身に覚えがないらしく、腰を抜かさんばかりに驚いた。ウラジーミルはシャチの働きに感心したようだ。

入念に調べた結果、それ以外、盗聴器は見つからなかった。

ウラジーミルが子供の頃から護衛についているのは厳しい風貌のイワンであり、今では部下をまとめる立場に立っていた。

イワンに早口のロシア語でいくつか命令した後、ウラジーミルは藤堂の肩を抱いたまま長椅子《ながいす》に腰を下ろした。

「シャチは始末するべきだ。この際、戦争になればいい」

血気盛んというか、短絡的というか、ロシアらしいというか、ウラジーミルの意見は変わらない。

藤堂はとうとうシャチの秘密を明かすことにした。

「シャチは眞鍋《まなべ》で最も有能な男と言っても差し支えない。橘高《きったか》清和に対する忠誠心も強い」

「金や女で籠絡《ろうらく》できないならば、やはり始末するしかない」

金で正義が売買され、男は美女に陥落する。世界一美しいと称えられるロシア美女の美貌と肢体は絶品で、名だたる国の要人やスパイを虜《とりこ》にした。ウラジーミルはシャチが金にも美女にも靡《なび》かない男だとわかっている。

「だが、俺はシャチの弱みを見つけた。いずれ、シャチは橘高清和を裏切るだろう」

情報屋の木蓮《もくれん》から仕入れた情報に、藤堂は疑念を抱いた。甲府《こうふ》でアラブの王族相手に眞鍋の諜報部隊《ちょうほうぶたい》が一仕事したというが、責任者はサメでもなければシャチでもなく、可憐《かれん》なエビだった。

清和と昵懇《じっこん》にしている名取《なとり》グループ会長の依頼ならば、ナンバーワンのシャチが投入されたはずだ。しかし、二番手であるエビが責任者に立った。いくらエビが甲府出身者であり、一度も仕事に遅れを取ったことがない優秀な諜報部員でも不可解だ。

甲府は名取グループ会長の出身地でもある。

何かある、何かがあってシャチは大切な仕事を拒んだに違いない。そう目星をつけ、甲府や名取グループを虱潰《しらみつぶ》しに調べ上げた。

「……弱み？　ナンバーワンに弱みがあるのか？　弱みがあればナンバーワンは無理だろう？」

ウラジーミルは単純明快な論理を口にしたが、若くして結婚した父や祖父と違い、独身の理由を如実《にょじつ》に物語っている。愛人どころか恋人もいないと聞き、藤堂はウラジーミルの心に巣くう闇《やみ》に気づいた。

「シャチの素性《すじょう》がやっとわかったんだ。シャチには血の繋がった実の妹がいる」

シャチの実の妹が名取グループ会長の跡取り息子の秘書と結婚していた。清和は名取グループの会長といい関係を築いているが、跡取り息子との間には大きな溝ができている。遠からず、修復できない亀裂《きれつ》が表面化するだろう。

「それで？」

「実妹の夫の上司が橘高清和と敵対する。橘高清和を選ぶのか、妹を選ぶのか、いずれ、シャチは苦渋の選択を迫られるはずだ」

実妹の夫婦仲はすこぶるよく、二人目の子供を妊娠している。

「実妹の夫？　それが橘高清和を裏切る理由になるのか？」

ウラジーミルに嘘《うそ》をついていると思われたのか、耳朶《みみたぶ》に派手に吸いつかれ、藤堂は上半身を捻《ひね》った。

「シャチにとっては重いしがらみだ」

藤堂は常より低いトーンでシャチが背負っている十字架を口にした。

情報屋から仕入れたデータから分析するに、シャチは仕事はできるが、自身に関してはそうではない。どこか生真面目《きまじめ》だし、融通の利《き》かない性格であり、要領よく立ち回ることはできないだろう。

「……しがらみ?」

ウラジーミルは流暢《りゅうちょう》な日本語を操っていても、日本特有の言葉は理解できないらしく、形のいい眉《まゆ》を派手に顰《ひそ》めた。

藤堂はしがらみを英語にもフランス語にも訳すことができない。

「賭《か》けてもいいが、そのうち、必ず、シャチは自分の意思に反して橘高清和の命を狙《ねら》う。だから、せっかくの眞鍋の爆弾を始末するな」

「賭けるか?」

ウラジーミルが尊大な態度で白い手袋を叩《たた》きつける。藤堂は負ける気がしないので白い手袋を拾った。

「いいぞ」

「シャチが橘高清和を裏切らなかったら、藤堂は今度こそ俺のものになれ」

勝利を確信する賭《かけ》だから、ウラジーミルの条件の意図を探る必要はない。藤堂は温和な微笑で承諾した。

「いいだろう」

「その代わり、シャチが橘高清和を裏切ったら、俺が藤堂のものになってやる」

ウラジーミルの条件はいろいろな意味に取れるから、ここで下手に承諾しないほうがいい。一歩間違えれば、複雑怪奇な迷路に迷い込むことは明白だ。

「イジオット特製の偽造パスポートで手を打つ」

「日本人の遠慮は美徳ではない。遠慮するな」

ウラジーミルの真意は測りきれないが、楽しんでいることは間違いない。藤堂は溜《た》め息《いき》をつきながら釘《くぎ》を刺した。

「とりあえず、シャチは始末するな」

「このまま泳がせていればいいのか？」

今もシャチはアパルトマンの付近に堂々と居座り、藤堂の動向をマークしている。逃げられませんよ、とシャチに語りかけられているような気がしないでもない。

「日本で何か重要なことが起これば、シャチに帰国命令が出るだろう。シャチ以外ならばまける」

シャチをまくことが無理ならば、自分の尾行から外せばいい。藤堂は攻める方向を変えた。

「新宿《しんじゅく》にある眞鍋組総本部を襲わせるか」

ウラジーミルは平然と言い放ち、窓辺に立っている部下たちに顎《あご》をしゃくる。早く止めなければ、電光石火の速さで計画が実行されるだろう。

「その手段は自爆行為に等しい」

「二代目姐《あね》の勤務先を襲わせる」

「論外だ、名取グループ関係の情報操作をする」

名取グループ会長の跡取り息子は中国で莫大《ばくだい》な損害を出し、粉飾決算で誤魔化していた。彼や周囲を突《つつ》けば、情報は交錯し、名取グループ会長は清和にコンタクトを取るはずだ。

「相変わらず、生ぬるい手を使う」

ウラジーミルは情報戦を馬鹿《ばか》にしている気配はないが、あまり重要視していないようだ。相手が闇組織ならば力でねじ伏せればいい。いや、闇組織ならば力で制圧するしかないと教育されているのだろう。

「人も風土も治安もロシアと日本は違う」

「……ならば、その情報操作は俺がやってやる」

純粋な親切心から協力を申し出ているのか、イジオットの次期ボスとしての野心からなのか、ウラジーミルがウラジーミルだけに判断がつきかねる。できるならば、あまり借りは作りたくないが、拒絶したほうがうるさそうだ。

「情報操作は俺がやる。シャチが俺の尾行を離れた後、新しい尾行をまく計画を練ってくれ。ホテルのチェックインも頼む」

「いいだろう。ホテルはリッツでいいか？」

ウラジーミルの常宿はパリ屈指の最高級ホテルである。

「目立たないホテルがいい」

藤堂が躊躇《ためら》いがちに言うと、ウラジーミルは軽く笑った。そして、藤堂の唇に音を立てて吸いついてきた。

「……ウラジーミル、待て」

下肢にウラジーミルの手が伸びてきたので、藤堂は慌てて阻《はば》む。こんなところでウラジーミルに流されている場合ではない。窓辺に立つ氷の兵隊のような部下たちの表情は変わらないが、内心ではどう思っているのか、藤堂は極力考えないようにした。それなのに、ウラジーミルの手は止まらない。

「夜ならいいのか？」

昨夜、ベッドで何が行われたのか、部下たちは知っているだろう。今さらかもしれないが、藤堂は眩暈《めまい》を覚えた。冬将軍を背負った男はこんな子供ではなかったはずだ。

「まず、シャチを帰国させる」

藤堂はウラジーミルから素早く離れると、机に置いていたノートパソコンを開き、猛スピードでキーボードを叩きだした。

ウラジーミルはロシア語で新たに命令を出し、部下たちがそれぞれ一糸乱れぬ直立不動の姿勢で返事をする。マフィアというより軍隊のような規律正しさだ。

藤堂と清和のパリでの戦いは始まったばかりである。


藤堂は何事もなかったかのようにウラジーミルとディナーに出かけたり、オペラ座でバレエを観たり、ルーブル美術館やオルセー美術館を回ったりした。情報操作は続けている。

花のパリでも秀麗なウラジーミルのルックスは目立ち、数多《あまた》の女性の視線を浴びたが、本人はどこ吹く風で流している。フランスを代表する女優似の美女に声をかけられても、平然と流すウラジーミルには感心した。桐嶋《きりしま》だったら興奮しまくって、美女についていったはずだ。

四日経《た》つとシャチの姿が見えなくなった。藤堂の情報操作が成功して、シャチに帰国命令が飛んだのだろう。

シャチがいない諜報部隊ならば恐れることはない。ウラジーミルとの計画通り、藤堂は単独でイタリアに向かい、スペインで諜報部隊をまいた。

それから、ウラジーミルの部下であるイワンとともにパリに戻る。ウラジーミルが藤堂のために購入したというアパルトマンに入った。

「藤堂、ウラジーミルが藤堂のタメに買った。プレゼント」

イワンはたどたどしい日本語で、ウラジーミルからの贈り物を説明した。もちろん、藤堂はアパルトマンなど、まったく望んでいない。ただホテルのリザーブを頼んだのみだ。それだって本来ならば自分でリザーブするつもりだったが、ウラジーミルの有無を言わせぬ迫力に圧倒された。

「プレゼント？」

アパルトマンは外観も内装も優雅なロココ調で、女性の夢が詰まっているような空間だ。

「気に入らナイか？」

イワンの険しい顔つきにさらに不安が走り、藤堂は柔らかな微苦笑を浮かべた。

「このようなプレゼントをもらう理由がない」

アパルトマンの代価として、ウラジーミルが桐嶋組のシマを要求する可能性は否定できない。ウラジーミルの評判が評判だけに、藤堂の懸念は当然だろう。

「恋人からのプレゼントは受け取るモノ」

身に覚えのない言葉にたじろいだが、藤堂は端整な顔を引《ひ》き攣《つ》らせたりはしなかった。

「俺を恋人だとウラジーミルが言ったのか？」

藤堂が神妙な面持ちで尋ねると、イワンの声音が硬くなった。

「……恋人だとはっきり聞いてはイナイけど、藤堂はウラジーミルの恋人」

イワンはウラジーミルに子供の頃から仕えているからか、ほかの部下とは一線を画している。表情が乏しい男だが、同性である藤堂をウラジーミルの恋人として歓迎している気配があった。

「立場が違えば見方も違うらしい。安心しなさい。君のボスの恋人は男ではないから」

「藤堂はウラジーミルの恋人ダ。ウラジーミルと仲良くシテ。ウラジーミルの恋を祝福スル」

「いったいどうなっているんだ？」

暖炉《だんろ》の前で藤堂がイワンと話しこんでいると、背後からウラジーミルの不機嫌そうな声が聞こえてきた。

「藤堂？　イワンと何を話している？」

来い、とばかりにウラジーミルは高飛車に顎をしゃくったが、それぐらいで藤堂は感情を爆発させたりはしない。

「ウラジーミル、感謝する。眞鍋のマークをまけたようだ」

治安の悪化が著しいスペインで、諜報部隊のメンバーは藤堂を捜して駆けずり回っているだろう。

「来い」

ウラジーミルの視線の先には開かれている扉があった。広々としたベッドルームに続く扉だ。

「……ウラジーミル」

どう考えても昼寝をするためにベッドに誘われたわけではなさそうだ。シャチをまくまで待て、とウラジーミルを止めたのはほかでもない藤堂である。

「抱きたい」

ウラジーミルに腰を強引に抱き寄せられ、藤堂は白と金を基調にしたベッドルームに足を踏み入れた。天蓋《てんがい》付きのベッドに腰が引けたが、ウラジーミルの手に拘束されているので逃げられない。

「ウラジーミル、君の趣味か？」

藤堂は華やかな薔薇《ばら》の壁紙や芸術品のようにアーチを描いた天井、豪華なクリスタルのシャンデリアを眺めた。ベルサイユ宮殿ほどではないが、どこか彷彿《ほうふつ》とさせる内装だ。

「藤堂の趣味だろう？」

ウラジーミルに怪訝《けげん》な顔で言われ、藤堂は驚愕《きょうがく》で下肢を揺らす。確かに母親はこういうのが好みだったが、ロココ調はあまりにも華美すぎて藤堂は受け付けない。

「俺の趣味？」

「日本人の趣味だと聞いた。日本人が好きなベルサイユ宮殿はどんなに金を積んでも買えない。ロシアならベルサイユ宮殿を建てられるから、それまで待て」

フランスは日本人に人気の観光先のひとつであり、お約束のようにベルサイユ宮殿も含まれる。不況の波も関係なく、ベルサイユ宮殿を目指す日本人観光客に思うところがあったのだろうか。

ちなみに、ベルサイユ宮殿はロシア人も大好きな観光スポットであり、大挙して訪れている。

「……ウラジーミル、俺と君の意思の疎通が上手《うま》くできていないようだ。俺は……」

ベルサイユ宮殿は好きではないし、アパルトマンも望んではいない、と藤堂は続けようとしたが、ウラジーミルの唇に阻まれてしまった。

舌が絡《から》んだまま、上質のリネンの海に沈められる。

「藤堂、腰を上げろ」

ウラジーミルは氷の仮面を被《かぶ》っているかのような無表情だが、余裕がないらしく、乱暴

な手つきで藤堂のズボンを脱がせようとした。

「逃げないから落ち着け」

藤堂は宥めるようにウラジーミルの逞《たくま》しい背中に腕を回した。頭に血が上ったウラジーミルを相手にしたら、藤堂の身体はどうなるかわからない。

「腹が立つほど落ち着いているな」

早く抱きたくてたまらないのに、とウラジーミルは性衝動に駆られる普通の若い男のように続けた。氷より冷たいイジオットの皇子の片鱗《へんりん》は微塵《みじん》もない。

「そうでもない」

これから起こる行為を考えれば、複雑な思いが込み上げてくる。本音は逃げだしたい。

ここで性行為を拒んだら銃で脅《おど》されかねない迫力だ。

「やめる気はないぞ」

「やめろ、とは言っていない。覚えておいてほしいが、君のは大きすぎる。自分の大きさを考えて行動してくれ」

藤堂が恥も外聞もなく吐露すると、ウラジーミルは宝石のように綺麗《きれい》な青い瞳《ひとみ》を揺らした。

「藤堂は大きいのが好きだろう？」

唐突に突拍子《とっぴょうし》もないことを言われ、聞き間違いではないかと、藤堂は自分の耳を疑った。

「いったいどこからそんな偽情報を得た？」

藤堂の脳裏には幾度となく煮え湯を呑《の》まされた三流の情報屋がいる。一流の情報屋を使えるようになるまで、どれだけの犠牲を払ったかわからない。

「桐嶋は特に大きいと聞いている。眞鍋の橘高清和より大きいと聞いた」

桐嶋は日本人離れした持ち物を商売道具にして、女性の相手をしていた竿師《さおし》だ。清和の分身がいかほどのものか不明だが、氷川が漏らした言葉である程度の違いは判明している。

「その情報はあっているが、俺に関しては間違えている」

「大きいのは嫌いなのか？」

嫌いだとは言わせない、とウラジーミルの双眸《そうぼう》は雄弁に物語っている。何しろ、ウラジーミルの持ち物が巨大すぎるからだ。

「好きだとか嫌いだとか考えたことは一度もない」

「小さくすることはできない」

ウラジーミルは神妙な顔つきで自身の持ち物について言及した。

「……それはそうだが」

「俺の大きさに慣れろ」

ウラジーミルの迫力に圧されたわけではないが、藤堂は望まれるままに腰を浮かせた。その隙《すき》を見計らって、ウラジーミルは藤堂のズボンを下着とともに一気に引き下ろす。

「無理を言うな」

第一、藤堂にはウラジーミルの大きさに慣れるまで抱かれ続けるつもりはない。ウラジーミルだってそのうち目が覚めるはずだと予測していた。今は何かの衝動に突き動かされて、同性である男の身体にむしゃぶりついているのだろう。

「藤堂は俺の大きさに慣れるしかないんだ」

藤堂の肌を覆うものは何もなく、ハンターと化したウラジーミルに舐めるように凝視される。

「……ウラジーミル」

「足を開け」

姐さん、あの大男の相手をしているとは偉大だな、と藤堂はウラジーミルより若い清和をその身に受け入れている氷川を心の中で称えた。意識を逸《そ》らさないと、いたたまれないからだ。

「藤堂、俺の腕にいるのに誰のことを考えている?」

密着している肌から何か感じたのか、ウラジーミルは宿敵を見るような目で藤堂を咎めた。心なしか、ウラジーミルの体温が上がる。

「君のことを考えている」

藤堂はとっておきの笑顔を浮かべたが、ウラジーミルは騙《だま》せなかった。

「藤堂は嘘をつくのが上手いようで下手だ」

ウラジーミルは忌ま忌ましそうに言うと、藤堂の左右の足を抱えて、際どいところに顔を埋《うず》めた。

「……ウラジーミル、よせ」

藤堂は銀髪に近い金髪を引っ張ったが、股間《こかん》から離れようとはしない。淫猥《いんわい》な音が響き渡り、藤堂はきつく目を閉じた。

躊躇いもなく秘部に舌を這《は》わせる男の神経が理解できない。誰にも見せたくないところを晒《さら》している自分にも嫌悪感《けんおかん》を抱くが今さらだ。

「……っ、ウラジーミル、やめろ」

ウラジーミルの舌が秘孔に侵入してくる感触に、藤堂は低い声を上げて、腰を引こうとした。

「藤堂、殴りたくないから動くな」

灼熱《しゃくねつ》の拷問にも似た甘い時間はこれからだ。

6

小雨が降った翌日、藤堂《とうどう》は食事以外でウラジーミルの腕から離れられなかった。一日の大半をベッドで過ごし、ウラジーミルに身体《からだ》を好きにさせることになったのだ。

セックスを覚えたての子供でもあるまいし、と藤堂は疲労の色が濃い目で詰《なじ》ったが、伸しかかってくるウラジーミルには届かない。

晴れ渡った翌日、藤堂が拒んでもウラジーミルは性行為を求める。居間の長椅子《ながいす》に座っていても、ウラジーミルの手が妖《あや》しく蠢《うごめ》くので気が抜けない。今まで禁欲的に過ごしてきた反動だろうか。

「ウラジーミル、部下の前ではやめろ」

藤堂が呆《あき》れ口調《くちょう》でウラジーミルを窘《たしな》めると、資料を手にしたイワンが真面目《まじめ》な顔で口を挟んだ。

「藤堂、新婚ダカラ」

どうしたって、生真面目なイワンの言葉とは思えない。おそらく、新婚の意味を間違えているのだろう。

「イワン、あなたの日本語はおかしい。新婚ではない」

藤堂がやんわり指摘すると、イワンはきっぱりと断言した。

「新婚デス」

「新婚は結婚したばかりの夫婦のことだ」

「……ああ、結婚式シテません。ロシアでは無理デスが、パリなら結婚デキマスヨ」

イワンの突拍子《とっぴょうし》もない言葉に藤堂は顔色を失ったが、ウラジーミルは真面目な顔で反応した。

「藤堂、パリで結婚式を挙げるか？」

藤堂はウラジーミルの目を見つめてから、右手を大きく振った。

「ロシアンジョークについていけない」

藤堂はジョークとして流そうとしたが、イワンやほかの部下たちが真剣な顔で話し合いだした。ロシア語なのでわからないが、結婚式についてだと聞こえてくる単語と視線でなんとなくわかる。間違いなく、花嫁役は実年齢より若く見える日本人の自分だ。

ロシア人は一番わけがわからない、と零《こぼ》していた総合商社の重役を知っている。ロシア人に注意しろ、と口を酸《す》っぱくしていた暴力団関係者もいた。

ロシアは頭では理解できない、という文言をロシアの国民的な詩人であるチュッチェフが書き記しているし、ロシアの権力者も他国の大統領相手に引用した。ロシア人自身が、ロシアは頭では理解できない、と公言しているのだ。ロシアでは、他人の心は暗い森、と言われるらしい。

確かに、ウラジーミルの心は暗い森の如《ごと》く、何が潜んでいるかわからない。彼は知れば知るほどわからなくなっていた。再会して気づいたのは、身体の相性がそんなに悪くないことだ。ウラジーミルに抱かれて、藤堂は経験したことのない官能の嵐《あらし》を味わった。これで身体の相性が悪かったら、藤堂は耐えられなかっただろう。

なんにせよ、これでは埒《らち》が明かない。ほんの少しの時間でいいから、ウラジーミルと離れたほうがいい。

藤堂は一声かけてから立ち上がると、出口に向かって歩きだした。コートとマフラーを手にする。

「藤堂、どこに行く？」

ウラジーミルが大股《おおまた》で追ってきたが、藤堂は振り返らずに玄関に進んだ。サーモンピンクの薔薇《ばら》が飾られた廊下には、警備員代わりのウラジーミルの部下が何人も立っている。

「日本食が食べたくなった。出てくる」

藤堂はとっておきの笑顔をウラジーミルに向けた。ひとりになりたい、君から少し離れたい、俺がいない間に結婚式の話は終わらせておいてくれ、二度と話題にしないでくれ、とあえて口にはしない。

「藤堂ひとりだと危険だ。ついていってやる」

何を危惧《きぐ》しているのか不明だが、ウラジーミルは藤堂をひとりで外出させたくないらしい。

「眞鍋《まなべ》のマークはいないから必要ない」

シャチの尾行がなければ、藤堂にとってパリはなんら危険な街ではない。たとえ、パリで凶悪な犯罪が多発していても。

「金持ち日本人は狙《ねら》われる」

ウラジーミルに腕を摑《つか》まれそうになり、藤堂はすんでのところで躱《かわ》した。

「今、狙われるのは中国人だ」

「日本人も狙われる。日本人のほうが簡単だから」

大半の日本人は治安のいい自国に慣れているから危機感が薄い。パリで買《か》い漁《あさ》っていた昔も不況で苦しんでいる今も、日本人は格好のターゲットのひとつだ。

「俺はひとりでも平気だ」

これでもヤクザだったんだぞ、と藤堂は溜《た》め息《いき》混じりに続けた。どうも、ウラジーミルは藤堂の元肩書を忘れているようだ。

「俺に逆らうな」

ウラジーミルは腹立たしそうに、藤堂の左右の肩を廊下の壁に押しつけた。あまりの勢いで床に飾られていた大きな飾り花瓶が大きな音を立てて倒れる。

「……ウラジーミル」

藤堂はウラジーミルの傲慢《ごうまん》な言葉に困惑したが、言い返しても虚《むな》しいだけだとわかっている。ここで少しでも反発したらウラジーミルの腕の力がますます強くなるだろう。

「藤堂は俺の言うことを聞いていればいい」

藤堂は固い壁に背中を擦りつけられたまま、近づいてくるウラジーミルの唇を受け止める。

いつになく余裕のないキスだ。

結局、藤堂はウラジーミルに肩を抱かれ、秋色に染まるパリの街を歩いた。当然、ウラジーミルの部下も後からついてくる。

どちらかといえば、イジオットの次期ボスのほうが敵が多いのだから、一緒にいると危険なのではないだろうか。

ウラジーミルの部下たちも外出には神経を尖《とが》らせていた。子犬を連れた母子《おやこ》や杖《つえ》を突いた老夫婦と擦れ違うのにもピリピリしているくらいだ。

「ウラジーミル、俺はいつまでも君に世話になるわけにはいかない」

マロニエの下、藤堂が躊躇《ためら》いがちに切りだすと、ウラジーミルは冷徹な声で言い放った。

「そんなに結婚式を挙げてほしいのか」

折しも、目の前には教会がある。ここで藤堂が承諾すれば、ウラジーミルは教会に飛び込みそうな勢いだ。

「……おい」

藤堂はウラジーミルを促して、由緒正しそうな教会から離れた。

「俺のそばにいろ」

どうして自分をそばにおいておきたがるのか、藤堂にはいくつかの心当たりがある。そのひとつが日本だ。イジオットが日本進出を目論《もくろ》んでいることは間違いない。

「俺はイジオットのメンバーになるつもりはない」

藤堂がきっぱり宣言すると、ウラジーミルは馬鹿《ばか》らしそうに鼻で笑った。

「藤堂のように甘い奴はいらない。第一、イジオットは全員ロシア人だ」

ロマノフ王朝再興を旗印に掲げた組織だったからか、イジオットはロシア人第一主義を貫いている。

「日本攻略の駒《こま》になるつもりもない」

いくら優秀な人材が揃《そろ》っていても、ロシア人だけで日本進出は果たせない。現地に詳しい闇社会《やみしゃかい》の人間が必要となる。

俺はイジオットの捨て駒にちょうどいいな、と藤堂は自分を冷静に分析した。

「藤堂のように甘い奴は兵隊にならない」

本気で甘い男だと思っているのだろうか。

藤堂はウラジーミルの心の内がまったく読めないが、鵜呑《うの》みにするほど甘くはなかった。

「冬将軍の言葉を信じていいのか？」

君も俺を裏切るのか、裏切るつもりがなくても裏切ってしまうのか、と藤堂は哀愁を漂わせながらウラジーミルを見上げた。

「藤堂は信じるしかない」

ウラジーミルは圧倒的な支配者の目で藤堂を捕まえようとした。

「俺をどうしたい？」

「そばにおいておきたい」

ウラジーミルの唇が頬《ほお》に音を立てて触れ、藤堂は目を丸くした。自分はまかり間違っても愛玩動物《あいがんどうぶつ》ではない。

「そばにおいてどうする？」

「抱きたい」

単なる性欲処理ならばイジオットで扱っている美女で足りる。藤堂を抱きたがるのは何かしらの意味があるのだ。

「結婚したらどうだ？」

「ならば、藤堂と結婚する」

ウラジーミルは根深い鬱屈《うっくつ》を抱えているから、結婚を勧めるのは控えたほうがいいようだ。藤堂は自分の失言を思い知った。

「俺じゃなくて、恋人を作れ。いや、後腐れがないように金で愛人を囲え。君ならどんな女でも手に入る」

ウラジーミルの冷酷なはずの目が熱を帯び、藤堂の薄い肩を抱く手の力が増した。

「藤堂を愛人にする」

ウラジーミルが藤堂を見つめる目は、清和が氷川を見つめる目と同じだ。清和と氷川の関係はふたりが並んでいる時にわかった。目の錯覚かと思うほど、いつもは苛烈《かれつ》な清和の目や雰囲気が和らいでいたからだ。

まさか、ウラジーミルは本気で俺が好きなのか、と藤堂はウラジーミルの男としての本心に気づく。

もし、本当にウラジーミルの目的が藤堂自身だけならばそれでいい。藤堂は身体を差しだせばいいのだ。身体を差しだしたことによって失うものはあるが、もうすでに今さらの話だ。

ただ、自由は制限されるだろうからメリットはない。ウラジーミルの敵は藤堂の敵になり、さらなる危険に脅《おびや》かされるようになるかもしれない。イジオットの次期ボスに囲われるのはデメリットのほうが大きい。

だが、今の時点でウラジーミルからは逃げられそうにない。シャチ以上にやっかいな相手に捕まってしまったのだろうか。

「贅沢《ぜいたく》な奴だ」

日本攻略の最高の兵隊を、ただの愛人にしようとしているのならば、愚か者に違いない。

藤堂は失笑を漏らしたが、ウラジーミルはあくまで真剣だ。

「藤堂、俺が守ってやる」

ウラジーミルの真《ま》っ直《す》ぐな視線や言葉に、藤堂はどんな反応をすればいいのかわからなくなる。

守ってくれ、とウラジーミルばかりでなく誰に対しても懇願する気はない。けれども、ウラジーミルが藤堂を守りたがっていることは明白だ。

無条件で守ってくれる腕に裏切られたトラウマが、今でも藤堂を縛っているのか、ウラジーミルを直視できない。

藤堂が逃げるように無言で視線を逸《そ》らすと、秋風に靡《なび》く札幌《さっぽろ》ラーメンの旗が視界に飛び込んできた。

「……札幌ラーメンか」

パリで日本食はブームから定番になりつつある。

「藤堂？　ラーメンが食べたいのか？」

べつにラーメンが食べたいわけではなかったが、前方を歩いていた若いカップルがラーメン屋に吸い込まれるように入って行ったので、藤堂も釣られる。いや、ウラジーミルから逃げるための手段といったほうが正しいかもしれない。

たとえ、日本語の旗が靡いているラーメン店でも、入店の際にはフランス語での挨拶《あいさつ》を忘れてはいけない。傲岸《ごうがん》不遜《ふそん》なウラジーミルでさえ、ちゃんとフランス語で挨拶をしながら店内に入る。

狭い店内はカウンター席しかなく、スタッフはみんな中国人で日本人はひとりもいない。

Miso、と若いカップルはそれぞれ力強く味噌《みそ》ラーメンを注文する。藤堂とウラジーミルも味噌ラーメンを注文した。

そして、藤堂は味噌ラーメンを一口食べて絶句した。出汁《だし》を取っていないのか、どう考えてもスープは味噌の味しかしない。桐嶋《きりしま》ならばきっと日本語で文句を連ねただろう。

若いカップルはこういうものだと思っているのか、笑顔で味噌ラーメンを食べている。

ウラジーミルは無言で慣れない箸《はし》と格闘していたが、藤堂の顔を見た瞬間、不機嫌になった。

「藤堂、俺が隣にいるのに誰のことを考えている？」

ウラジーミルの詰問に、藤堂は箸を落としそうになってしまう。味噌ラーメンに文句をブチまける桐嶋を上手《うま》く説明する自信がない。

「この味噌ラーメンを食べて何も思わない日本人はいない」

藤堂が伏し目がちにラーメンを見つめると、ウラジーミルはズバリと言った。

「不味《まず》いのか？」

日本語で話しているから中国人のスタッフは理解できないだろうが、藤堂をちらちらと意識している。

藤堂は味噌ラーメンに関する直接的なコメントを避けた。

「ロシアのチョコ寿司に比べたら許せる」

昔、ウラジーミルと一緒にロシアで寿司を食べようとした。しかし、あまりにも寿司からかけ離れた変わり種のオンパレードに混乱したものだ。なかでもチョコレート寿司は強烈だった。

「チョコレートの寿司のどこが悪い？」

ウラジーミルはチョコレート寿司が日本でも食べられていると思い込んでいた。

「聞かなかったことにする」

「藤堂、誤魔化すな。俺と一緒にいるんだから俺のことを考えろ」

ウラジーミルが強引に話題を戻そうとしたので、藤堂は箸を手にしたまま小声で咎《とが》めた。

「時と場合を考えろ。ここはラーメン屋だ」

「時と場合は関係ない。俺が隣にいる。それが一番重要なことだ。俺が一緒にいるんだから俺以外の男のことを考えるな」

ウラジーミルが手を添えているラーメン鉢や壁に貼《は》られた日本のポスターなど、絶世の美男子とのミスマッチに笑いを堪《こら》えている場合ではない。

「ウラジーミル、麺《めん》が伸びるから早く食べたほうがいい」

「麺が伸びる？」

「さらに不味くなるから早く食べよう」

藤堂は柔らかな微笑を浮かべると、郷愁を誘わない味噌ラーメンを口に運ぶ。もっとも、すべて平らげることができず、半分以上残した。ペロリと平らげたウラジーミルと若いフランス人カップルに惜しみない称賛を贈る。

ロココ調のアパルトマンで暮らしだしてから十日経《た》った。

藤堂がパリに戻ってきているとは考えないらしく、眞鍋組の諜報部隊《ちょうほうぶたい》は依然としてスペインで捜し回っている。裏を掻《か》いたのが上手くいったようだ。今でも藤堂は注意深く情報操作を続けていた。

藤堂の周囲に眞鍋組のみならず日本の暴力団の影はない。ロシアン・マフィアに囲まれているだけだ。

アパルトマンに閉じこもっていると、精力絶倫のウラジーミルに問答無用で身体を使われる。身体的に負担が大きいから、そうそう相手をしていられない。コンサートや観劇など、藤堂が出かければウラジーミルは文句も言わずについてくる。さしあたって、外出中は襲いかかってこないから安全だ。

藤堂はウラジーミルと一緒にパリを満喫した。パリから足を延ばして、ロワール地方の古城も巡る。

「藤堂、どの城が好みだ？」

ウラジーミルはなんの意図もなく、こういった質問をしない。

「買ってくれるのか？」

「ああ」

古城を贈られて困るのはほかでもない藤堂だ。

「維持が難しいからやめろ」

藤堂が温和な声で断ると、ウラジーミルは肩を竦《すく》めたが反論はしない。城の維持は金だけですまない問題がある。

「ギリシャの島はどうだ？」

ギリシャの財政危機でEUに激震が走っている現在、島の売買は密《ひそ》かに行われている。

「島も維持が大変だ」

「何かねだれ」

ウラジーミルに真上から叩《たた》きつけられるように言われ、藤堂はシニカルに口元を歪《ゆが》めた。

「ロシアもバブルが弾《はじ》けたというのに豪気な男だ」

ソビエト崩壊後、ロシア経済は目を覆うほどの劣悪な状況に陥《おちい》ったが、石油や天然ガスなどの豊富な天然資源を武器に立ち直った。新しい資本主義国家として急成長を遂げて、未曾有《みぞう》の好景気に沸き、一時は欧米先進国を追い落とす勢いだった。だが、ロシアの未曾有の好景気は幕を閉じ、今では多くの成金が破産していたし、欧州で買収した多くの企業や建築物も手放されていた。

「ロシアのバブルが弾けることはわかっていた」

麻薬、売春、誘拐、詐欺、恐喝、人身売買、臓器売買、殺人請負の犯罪から、金融業や不動産業やエネルギー関係の利権など、イジオットはリスクとリターンを分析し、激動の時代をしたたかに生き抜いた。マフィアとして地下経済を主導しているだけでなく、ひとつの大企業として表経済も動かしているのだ。

「日本人の多くはバブルが弾けると気づかずに踊っていた。未《いま》だにバブルの幻想に取り憑《つ》かれている愚か者がいる」

世界を席巻《せっけん》した好景気を体験したからか、底の知れない沼に沈みつつあることに気づかないらしい。藤堂の実父にしてもそうだった。

「愚か者がいるから世界が回る」

ウラジーミルの主張には一理あり、藤堂は柔らかな微笑で同意するように相槌《あいづち》を打った。

「確かに……」

なんというのだろう、遠い異国でウラジーミルと並んでいると、桐嶋組も東京での修羅《しゅら》も昇り龍《のぼりりゅう》を背負った宿敵も忘れたわけではないが意識から薄れていく。よくよく考えてみれば、ヤクザという枠から離れ、何もせずに時を過ごすのは久しぶりだ。いや、こうやって観光気分を味わうのは実家を出て以来初めてだ。

実家を出て以来、藤堂は何かを振り切るように走り続けてきた。

けれど、ずっと走り続けることはできない。心身ともに疲弊しきっているのはわかっていた。

ここら辺で休めということなのかもしれない。

強制的に休息時間を与えられたと考えることにして、藤堂はウラジーミルの隣でぼんやりと過ごした。

落ち着こうとしているのが伝わったのか、ウラジーミルは至極満足そうだ。彼が背中に背負っている冬将軍が春の女神になりかけ、藤堂を慌てさせたのは言うまでもない。

翌日、藤堂はウラジーミルとともに、有名な映画の撮影に使われたというカフェでブランチを摂った。

「藤堂、キッシュしか食べないのか」

今までに何度も食事をしたが、ふたりの食べる量の差は歴然としている。いい加減理解してもいいはずなのに、食事のたびにウラジーミルは藤堂を心配そうに覗《のぞ》き込《こ》んだ。

「充分だ」

藤堂はハムなどの具を詰めたタルトに卵を流したキッシュで充分だが、ウラジーミルはグラタンオニオンスープにきのこ入りのオムレツ、バゲットにハムとチーズを挟んだサンドイッチ・パリジャン、デザートにレモンタルトを食べる。

「それだけで足りるのか？」

「日本のキッシュはこの二分の一から三分の一だ」

藤堂はパリと日本のキッシュのサイズの差を示唆した。サラダが添えられたキッシュといい、ベシャメルソースをかけた田舎パンにハムとグリュイエールチーズを挟んで焼き上げたクロックムッシュといい、オープンサンドのタルティーヌといい、カフェの定番メニューのサイズはどれも日本の二倍以上だ。ケーキやタルトのサイズも日本よりだいぶ大きい。

「デザートを食べないのか」

欧州ではデザートを食べるのがセオリーであり、ほかのテーブルについている小学生の子供も、目玉焼きが載ったクロックマダムを食べた後にタルト・タタンをペロリと平らげている。

「ああ」

藤堂が苦笑を漏らした時、ウラジーミルに尋常ならざる緊張感が漲《みなぎ》った。彼の視線の先には長身の美男子がいる。

雰囲気はかなり違うが、どこかウラジーミルと面差しの似た青年だ。髪の毛は銀色に近い金髪のウラジーミルより、だいぶ濃い目の金髪である。

金髪にもいろいろなトーンの違いがあると、藤堂の実母は欧州へ行くたびに感心し、羨《うらや》ましがっていたものだ。藤堂の目には母親の艶《つや》のある黒髪も美しく見えたが、金髪や銀髪は華やかで風景に映える。

暗い色の髪の毛が多いパリジャンの中、金髪の美青年がふたり揃うと自然に周囲の注目を集めた。

「アレクセイ、何をしに来た?」

ウラジーミルは感情を抑え込んで、アレクセイと呼んだ美青年を見つめた。藤堂を慮《おもんぱか》っているのか、ロシア語ではなく日本語を使う。

アレクセイはウラジーミルに負けず劣らずの流暢《りゅうちょう》な日本語で返した。

「ウラジーミル、彼を紹介してくれないのか」

アレクセイは承諾も得ていないのに、同じテーブルにつき、スタッフにホットワインを注文する。どこでもメニューにないウオッカを注文する礼儀知らずではないらしい。

「藤堂は俺の愛人だ」

ウラジーミルはきっぱりとした口調で、アレクセイに藤堂を紹介する。一呼吸おいてから、藤堂にアレクセイを紹介した。

「藤堂、俺の弟のアレクセイだ」

愛人と言われて戸惑ったが、藤堂は決して態度には出さない。ウラジーミルのひとつ年下の弟もイジオットの幹部で、その有能さは周囲から認められ、次期ボス候補のひとりに数えられている。一寸先は闇、予期せぬなんらかの出来事により、最有力候補のウラジーミルに取って代わるかもしれない。

「愛人にパリのアパルトマンを買い与えた噂《うわさ》は本当だったのか」

イジオット内部にウラジーミルが囲っている愛人の噂は流れているらしい。アレクセイは興味津々といった風情で藤堂を凝視する。

「ああ」

「ウラジーミルの初めての愛人だな」

初めて、というアレクセイのイントネーションに含みがある。

「ああ」

ウラジーミルの返事は素っ気ないが、アレクセイは構わずに続けた。

「中国人女性だと聞いていたが、藤堂の性別は男でいいのか？　日本人だな？」

イジオットの内部でウラジーミルが初めて囲った愛人は中国人女性だと噂されているらしい。アレクセイは紳士然とした藤堂の喉仏《のどぼとけ》を確認する。

「いったいどの情報ルートを辿《たど》った？」

「エカテリーナのルートから仕入れた。二十歳《はたち》前後の中国人女性にかまけて仕事もしていない、と？　唐《とう》の玄宗《げんそう》皇帝と彼を惑わせた楊貴妃《ようきひ》のようだ、とも？」

アレクセイが指摘した通り、ウラジーミルは藤堂と再会してから、イジオットの本拠地があるロシアには一度も帰っていない。日々、藤堂につき合って優雅に時を過ごしている。

傾国の美女が絡《から》む中国の歴史を口にしつつ、アレクセイは藤堂とウラジーミルを交互に眺めた。

「仕事でお前に心配されるようなことは何もない」

今現在、マフィアの形態も時代の流れとともに変わっている。どこにいても、通信機器ひとつで仕事はできるものだ。

「そうだろうね」

アレクセイは欧米人特有のオーバーゼスチャーで肩を竦めた。

「ボスにもそう伝えてくれ」

「ペトロパヴロフスクが不審な動きをしている。ボスの帰国命令を無視するのはよせ」

ロシアン・マフィアのペトロパヴロフスクは、長らくイジオットと対立してきた組織だが、今の時代、表立った熾烈《しれつ》な抗争はお互いに避けている。しかし、火種はいつでも燻《くすぶ》っているのだ。

父親からの帰国命令を無視していたと知り、藤堂の背筋に冷たいものが走ったが、ウラジーミルは超然としていた。

「わざわざ俺が帰国する必要はない」

「相手はペトロパヴロフスクだ。ついにイジオットと戦う気になったらしい」

藤堂のロシアデータにもあるが、ペトロパヴロフスクはイジオットと同じように無視できない大組織だ。アレクセイが警戒する理由がよくわかる。

「ペトロパヴロフスクはそんな甘い組織じゃない。踊らされるな」

ペトロパヴロフスクの情報操作に攪乱《かくらん》されるな、とウラジーミルはダイヤモンドのような目で語っている。

「……ううう、イジオットはペトロパヴロフスクの情報操作に攪乱されたのか？」

思い当たるフシがあるのか、アレクセイは苦い顔で唸《うな》った。彼はあまり感情を顔に出さない兄より遥《はる》かに表情が豊かだ。

「ああ」

「どちらにせよ、一度ロシアに戻ってくれ」

アレクセイはホットワインを飲み終えると、スマートな動作で椅子から立ち上がり、悠々と店から出ていった。

「ウラジーミル、ボスの帰国命令を無視していたのか」

藤堂がボスの帰国命令について言及すると、ウラジーミルは青い目を曇らせた。

「ロシアよりパリやイタリアのほうが稼げる」

「それだけが理由ではないはずだ」

ウラジーミルは実父に対する反感から、極力ロシアを避けているような気がしないでもない。イジオットのメンバーでいる限り、ウラジーミル本人のためにはならないだろう。

「藤堂が帰れ、と言うなら帰ろう」

「ああ。ロシアに帰りなさい」

ここで別れるか、今まで世話になった、と藤堂は別れの言葉を用意したが、とうとう口にすることはなかった。いや、口にできる雰囲気ではなかったのだ。

カフェを出た後、藤堂がウラジーミルとともに乗り込んだ車は空港で停《と》まった。そのままイジオットの専用旅客機でロシアに向かった。

藤堂が文句を言う暇すら与えられない。そもそも、空の上では何を口にしても無駄だ。

「……ウラジーミル」

藤堂はすべての感情を押し殺し、温和な声で傍若無人《ぼうじゃくぶじん》な若き皇太子の名を呼んだ。

「パヴロフスク宮殿で使用されていたピアノを手に入れた。好きに使え」

ウラジーミルは藤堂の趣味がピアノだと信じて疑わない。部下に命じて、謂《い》われのあるピアノを探していたそうだ。やっと先日、オークションで満足できるピアノを競り落としたらしい。

「そういう話ではない」

「乗馬も好きだったな。庭で乗馬が楽しめる」

「久しぶりだから落馬しそうだ」

ヤクザになって以来、関《かか》わっている馬はもっぱら競馬だ。ノミ屋も金子《かねこ》組からそのまま引き継いだ。藤堂が目を光らせていた時は大きな利益を叩きだしたが、若頭だった弓削《ゆげ》に任せた途端、赤字になった。いったいどこをどうしたら、ノミ屋であんなに赤字が出るのか、弓削の無能ぶりには驚嘆させられたものだ。

「俺が教えてやる」

藤堂に教えられるものがあり、ウラジーミルはどことなく嬉《うれ》しそうだ。

「そんな暇はないだろう」

「時間なら作る」

イジオットのメンバーが操縦する飛行機内には、ウラジーミルの関係者しかいなかった。

日本語を理解できる部下がいるので、ウラジーミルの面目を潰《つぶ》すようなことは憚《はばか》られる。

結果、おとなしくウラジーミルに寄り添うしかなかった。

7

あれよあれよという間に、藤堂《とうどう》を乗せた飛行機はロシアの上空に入り、ウラジーミルが購入したという別荘の庭に着陸した。

「藤堂、お前の家だ」

ウラジーミルはいつもと同じような口調で言ったが、藤堂の眉間《みけん》には深い皺《しわ》が刻まれた。

「俺の家？」

ロシアン・マフィアの幹部の愛人の待遇には詳しくない。だが、どう考えても愛人のために買った家や別荘にしては豪華すぎる。そもそも、ウラジーミルが口にした『家』という言葉が相応《ふさわ》しくない。左右対称の美を追求した庭はどこまでも続き、一向に塀が見えなかった。何本もの円柱で支えられたクラシック様式の宮殿は、今にもロマノフ王朝の皇子や皇女が顔を出しそうな雰囲気を漂わせている。

ひょっとしたら、ウラジーミルはかつてのロマノフ王朝の皇帝が愛人に与えた宮殿を買い上げたのかもしれない。

この宮殿にいくらかかったのか、藤堂は頭の中から計算機を排除した。

「気に入らないのか?」

やはりベルサイユ宮殿風がいいのか、とウラジーミルは藤堂の上品に整った顔を覗《のぞ》き込《こ》む。

ちなみに、今までウラジーミルは生まれ育ったイジオットの本拠地であるネステロフ城の一角に居を構えていたが、実際は一年の大半をホテルで暮らしていた。彼が豪勢な館を購入したのは初めてだ。

「固定資産税が凄《すご》そうだから遠慮する」

「下手《へた》な断りはやめろ。お前のものだ」

藤堂はウラジーミルに肩を抱かれ、飛行機のタラップを下りた。想像以上の風の冷たさときつさに、藤堂はくしゃみを連発する。

「藤堂?」

「寒い」

果てしなく続く鉛色の曇り空の下、藤堂は冷え切った空気に降参した。

「……は?　寒い?」

ウラジーミルに庇《かば》われるように抱き込まれ、少しだけ風のきつさが和らいだものの、寒いことには変わりがない。藤堂は寒さに震えているが、ウラジーミルを筆頭に周りにいるロシア人は平然としている。傍目《はため》にはウラジーミルと藤堂がいちゃついているようにしか見えない。

「ウラジーミル、これで秋か?」

藤堂には真冬の寒さに思えてならないが、カレンダーではまだ秋だ。

「今日は暖かい」

藤堂が白いスーツの上にコートを着込んでマフラーを巻いても、ウラジーミルは薄手のシャツ一枚だ。

「これで?」

「ああ」

ウラジーミルとは寒さの基準が違うと改めて思いつつ、藤堂は荘厳でいて重厚な長いアプローチを歩いた。

「……凄いな」

パビリオンに置かれたギリシャ神話の十二神の彫刻に、藤堂から感嘆の息が漏れた。

「藤堂が気に入ったのならばいい」

建物の中に入った途端、寒さとの戦いは終わる。藤堂はほっと胸を撫《な》で下《お》ろし、ウラジーミルから離れようとした。けれど、ウラジーミルは藤堂の肩を離そうとはしない。

藤堂の立場を館に詰める部下や使用人たちに示すつもりらしい。

ロシアでは同性愛者が凄《すさ》まじい弾圧を受けているという。同性愛者だと発覚した途端、殴り殺される事件も起きている。それなのに、ウラジーミルは堂々と藤堂を愛人として囲おうとしている。パリでならいざ知らず、ロシアでは問題があるだろう。

「ウラジーミル、もう寒くない」

ロシア帝国初代皇帝の大きな銅像の前で再度、藤堂は人目を慮《おもんぱか》ってウラジーミルから離れようとした。

しかし、ウラジーミルの手は依然として藤堂の肩から離れない。

ロシアの著名な画家の絵画が飾られている廊下には、血が通っているとは思えないような男たちが一堂に並んでいた。ロマノフ王朝の末裔《まつえい》である名残《なごり》か、警備の部下たちは時代がかった制服に身を包んでいる。もしかしたら、防犯上の点から制服を着用させているのかもしれないが、どの部下も金髪ですこぶる体格がいい。彼らに比べたら元藤堂組の構成員はほんの子供のようだ。

「ウラジーミル、人目が……」

藤堂が思い余って小声で耳打ちしたが、ウラジーミルはまったく意に介さない。部下から軽蔑《けいべつ》される危惧《きぐ》はないのだろうか。

「今さら何を言っている」

「パリとロシアは違う」

ずっとウラジーミルに従っていた側近たちにしても、パリでなら大目に見ても、ロシアでは黙認できないはずだ。

「ここは藤堂に与えた館だ。すべてわかっているはずさ」

藤堂が横目でイワンやほかの側近たちを見ると、いつもとなんら変わらないので思い迷う。

どうなっているのだ、と藤堂はウラジーミルのぬくもりを感じながら奥に進んだ。

ドーム型の天井の大広間で、藤堂はウラジーミルとともに金の装飾が施された長椅子《ながいす》に腰を下ろした。藤堂は甘いジャムを舐《な》めながら温かいロシア紅茶を飲み、ウラジーミルはウオッカを呷《あお》る。

藤堂にウオッカを強要しないところがウラジーミルの美点だ。

「藤堂、ロシアと日本は違う。護衛をつけるからひとりで出歩かないでくれ」

ウラジーミルに改めて注意されるまでもなく、ロシアと日本の相違点はよく知っている。

「拳銃《けんじゅう》を貸してくれたらそれでいい」

「拳銃？　その細い腕で使えるのか？」

ウラジーミルに胡乱《うろん》な目で見つめられ、藤堂は端整な顔を歪《ゆが》めた。

周りにいるウラジーミルの部下たちも同じ意見らしく、スマートな紳士を眺める目はとても厳しい。

「自分を基準にするな」

ウラジーミルを筆頭に百九十センチ超えの男ばかりで、それぞれ甲乙つけがたいほど筋肉隆々だ。彼らの中にいれば、藤堂はいやでも小柄な優男《やさおとこ》になってしまう。

ウラジーミルの一声で藤堂の目の前に何種類もの拳銃やライフルが並べられた。フランス製やイギリス製に混じり、ロシア製の銃もある。

「ロシア製は粗悪品として名高い」

藤堂が艶然《えんぜん》と微笑《ほほえ》みながら嫌みを飛ばすと、ウラジーミルはサラリと躱《かわ》した。

「粗悪品の悪評は中国製に譲った」

「点検しなくても大丈夫か？」

粗悪品はトリガーを引いたら暴発するどころか、持っているだけで暴発しかねない。以前、若い構成員が騙《だま》されて古いロシア製の武器を購入した。藤堂が気づかなければ取り返しのつかない大惨事を引き起こしていただろう。

「点検するか」

「やはり、ロシア製は危険なんだな？」

ロシア人がロシア車を信用せず、日本やドイツなどの外国車をこぞって購入することは知っている。日本車は中古車でも信用があると聞いた。

「その日本語は理解できない」

ウラジーミルの姑息《こそく》なテクニックに、藤堂は苦笑を漏らしたが追い詰めたりはしない。

藤堂は紅茶を飲み干してから、鈍く光る銃に手を伸ばす。

これではないな、と藤堂が感触を確かめていると、扉の向こう側から聞き覚えのない声が聞こえてきた。ロシア語なので何を言っているかわからないが、ひどく興奮していることはわかる。

「ニコライだ」

ウラジーミルが抑揚のない声で言った途端、従弟《いとこ》のニコライが頬《ほお》を紅潮させて飛び込んできた。

以前、藤堂は何かの拍子に妙に懐《なつ》かれている従弟の話を聞いていた。ニコライは日本のアニメやマンガで日本語を習得したという。

『ウラジーミル、情夫ができたって本当か？』

ニコライは挨拶《あいさつ》すらせず、武器を手にしたウラジーミルに問う。

『ああ』

『男だって聞いた』

ニコライの興奮のボルテージは上がり続けたが、ウラジーミルはいつもと同じように淡々としている。

『そうだ』

『男が好きだったのか？』

だから女遊びをしなかったのか、とニコライはウラジーミルの冷たい美貌《びぼう》をしげしげと観察する。兄弟に間違えられるほどふたりの容貌は似ているが、性格は水と油のように違った。下半身関係も己をストイックに律していたウラジーミルと、自由奔放なニコライはまったく違う。

『俺に男を用意する必要はないぞ。誰かが用意しようとしたら止めろ』

『それで、その情夫はどこにいるんだ？』

『目の前にいる』

ウラジーミルが促した先には、ロシア製のライフルを手にした藤堂がいる。

稲妻を脳天から食らったかのようなニコライを見て、どんな会話が交わされたのか、藤堂はなんとなくだが把握した。

藤堂はニコライに向かって微笑んだりはしない。何も気づいていないふりをして、ライフルの点検をした。

『……中国人？』

ニコライにロシア語で話しかけられ、藤堂が返事に窮すると、ウラジーミルはウオッカを一口飲んでから答えた。

『日本人だ。ロシア語は話せない』

日本人と聞いた瞬間、ニコライは飛び上がらんばかりに喜んだ。そして、流れるような日本語で語りかけた。

「日本？　女体盛りの国だね？　僕は女体盛りの国に行きたいんだよ。女体盛りはどうだった？」

ニコライは目をキラキラさせたが、藤堂はライフルを持ったまま苦笑するしかない。

「日本の寿司屋のメニューには女体盛りがあるんだろう？　ロシアの寿司屋にはないんだ」

藤堂は言うべき言葉が見つからず困惑したが、ニコライはお構いなしに捲《ま》くし立《た》てた。

「ウラジーミルの初めての愛人だよ。日本語だったら情夫って言うのかな。今までウラジーミルはどんな美女にも落ちなかったんだ。びっくりした。とてもとてもとてもびっくりした」

ニコライは全身を使って、感情を表現する。よほど、ウラジーミルの初めての愛人の性別に仰天したのだろう。

ただ、軽蔑している気配はまったくない。

「……そうですか」

「フランスやイギリスでは男同士でも結婚できるし、アメリカでも認められているっていうし、日本もそうなんだよね？」

一瞬、ニコライが言ったことが理解できず、藤堂は胡乱《うろん》な目で見返した。

「……は？」

「日本は昔から男同士のカップルは普通なんでしょう？　花魁《おいらん》がいる吉原《よしわら》……えっと、男の子の遊郭もあるんだよね？　ウラジーミルに藤堂は水揚げされたんだね？」

一昔前、日本に男の遊郭は存在した。ニコライの頭の中がどうなっているのか、藤堂に確かめる術《すべ》はないが、知識が偏りすぎていることは間違いない。

「日本が著しく歪曲《わいきょく》されているようだ。君の知る日本は今の日本ではない」

俺は遊郭にはいなかった、と藤堂は穏やかな口調で続けたが、ニコライは聞いていない。

ウラジーミルは口を挟まず、ニコライと藤堂の会話を聞き流している。女好きのニコライと初めての愛人が話し込んでも妬《や》かないらしい。

「男でもウラジーミルが気に入ったのなら問題はないよ。今から職人を呼んで寿司パーティをしよう。メイドさんも呼べばよかったね」

ニコライの口から出た寿司にいやな予感が走り、藤堂はライフルを手にしたまま優しく言った。

「チョコレート寿司は控えてほしい」

「どうして？」

ニコライもチョコレート寿司をなんの疑いもなく受け入れている。偏りすぎた日本通の代表だ。

「日本女性が好みならば覚えておいたほうがいい。チョコレート寿司は日本女性に認められないはずだ」

料理は現地でアレンジされて然《しか》るべきだが、ロシアのアレンジされた日本料理は寿司に限らず日本人の想像を遥《はる》かに凌駕《りょうが》するものが少なくない。

「そうなの？　チョコ寿司は美味しいよ」

「ロシア人はウオッカのアルコールを飛ばしてケーキにかけて食べたら怒るだろう。それと同じことだ」

アルコール度数の高いウオッカが飲めず、藤堂がペロリペロリと舐めると、ウラジーミルのみならずロシア人はこぞって非難の目を向けた。ウオッカの飲み方ではない、と。

「う～ん？　よくわからないけど、藤堂はキュートで面白いね。ウラジーミルと仲良くしてね」

ニコライに屈託のない笑顔を向けられ、藤堂は対応に迷ったものの、差しだされた手を拒んだりはしない。ライフルを静かに手放し、握手をした。

それから、ニコライにせがまれて、藤堂はウラジーミルがオークションで競り落としたピアノの鍵盤《けんばん》に触れる。

藤堂は母親も自分も好きだったラフマニノフの『ピアノ協奏曲第二番ハ短調作品18』を弾いた。長い間、ピアノに触れていないから弾けないかと思ったが、いつぞやのロシアのホテルの時のように藤堂の指は勝手に動く。

ノーミスで弾いた藤堂に、ウラジーミルやニコライは感心した。少し練習したぐらいでは弾けない曲だ。

「藤堂、どうしてピアニストにならなかった？」

ニコライは拍手をしつつ、伏し目がちの藤堂に尋ねた。

「俺ぐらい弾ける素人《しろうと》はいくらでもいる。ロシアにもあちこちにいるはずだ」

「ピアニストになる才能はあると思うよ。ロシアに留学すればよかったのに」

多くの名曲や名作がロシアで生まれ、世界に羽ばたいていった。少しでも芸術に触れた者ならば、冬将軍が鎮座するロシアに対するイメージは変わる。チャイコフスキーやラフマニノフ、ストラヴィンスキー、グリンカ、ボロディン、コルサコフなど、ロシアは偉大な音楽家を輩出した国だ。

「俺に音楽の道は開かれなかった」

「ラフマニノフが好きだったな？」

ウラジーミルはかつて藤堂がホテルのピアノで弾いていた曲を覚えている。今、弾き終えた曲だ。

ラフマニノフはロシア帝国の貴族の出身だが、十月革命によりボリシェヴィキが政権を掌握したロシアを出国し、二度と祖国の地を踏むことはなかった。ロマノフ王朝の末裔にとっても思い入れのある音楽家らしい。

「チャイコフスキーやムソルグスキー、スクリャービンも好きだ」

ロシアの音楽家が好きだと言いつつ、藤堂はドイツのベートーベンの『エリーゼのために』を弾いている。小学生の時代に完成させ、発表会で弾いた曲だ。

「藤堂に贈ったピアノだ。チャイコフスキーやムソルグスキーでも、好きなだけ弾いてくれ」

ウラジーミルの隣でニコライが悪戯《いたずら》っ子《こ》のような顔で続けた。チャイコフスキーはゲイだったんだぞ、と。

チャイコフスキーに同性愛志向があったことは藤堂も知っているが、それでかの偉大な音楽家の名声が落ちたりはしない。

「……覚えていない。譜面もなく弾けるのは限られている」

小難しいラフマニノフのピアノ協奏曲は指が覚えているのに、どういうわけか難度が低い曲を思い出せない。それでも、藤堂の指は子供の頃に覚えたアメリカ出身のフォスターの『故郷の人々（スワニー河）』を弾きはじめる。

「譜面ならいくらでも用意する」

Романов

ウラジーミルが楽しそうに言うと、傍《かたわ》らに控えていたイワンが深く頷《うなず》いた。どうやら、藤堂にはロシアの名曲を弾いてほしいらしい。

藤堂は軽く微笑みつつ、鍵盤を弾いた。ピアノに触れると幸せだった神戸での日々を思いだすが、以前のように苦しくもなければ悲しくもない。実父の姿が瞼《まぶた》に浮かび上がっても、怒りで血が逆流するかのような感覚には陥《おちい》らなかった。

実父を罵倒《ばとう》できないほど、自ら手を汚したからかもしれない。己の意思とは関係なく、人の命を奪ってきた。何人殺《あや》めても慣れたりはしないが、どこか麻痺《まひ》している自分にも気づいている。

やらなければやられるのだ。

やられたくなければやるしかない。

さしてこの世に未練はないが、殺されてもいいと思う相手にはまだ巡り合っていない。ヤクザになってよかったことは、実父に対する負の感情が薄れたことだろう。もともと、実父を振り切るために極道の世界に飛び込んだようなものだったが。

ピアノの後はニコライが呼んだ寿司職人によるロシア寿司のディナーだ。寿司職人といっても金髪碧眼《きんぱつへきがん》のロシア人で、寿司職人としての修業は積んでいないという。

危惧した通り、藤堂の知る寿司とはだいぶ異なる寿司が握られる。世界に誇る日本の寿司は、ロシアで独自の進化を遂げていた。

「藤堂、どうして食べない？」

ウラジーミルが食べているのはサーモンの寿司だが、チーズが挟まれている。ニコライにいたっては、カリカリに揚げた海苔《のりま》巻きを美味《おい》しそうに頬張った。海苔を油で揚げたら、それはすでに寿司に分類されないのではないか。

「ウラジーミル、正直に言え。美味《うま》いか？」

「ああ」

金髪碧眼の寿司職人はテリヤキソースをかけたアボカドの寿司を握り、ニコライの前に置いた。

「ニコライ、食べられるのか？」

顔面蒼白《がんめんそうはく》の藤堂の質問に、ニコライは胸を張って答えた。

「アボカドの寿司は定番だ」

「アボカドの寿司はよく聞くが……」

アボカドはワサビと醬油《しょうゆ》でなら食べられるが、テリヤキソースでは無理だ。藤堂の頬が嫌悪感《けんおかん》で無意識のうちに痙攣《けいれん》する。

「藤堂も食べなよ」

「……いや」

ウラジーミルはアボカドとフィラデルフィアクリームチーズの海苔巻きを口にする。一緒に過ごした時間で、ウラジーミルが味覚音痴でないことは藤堂も知っていた。味覚音痴ではないと思っていたが……。

金髪碧眼の寿司職人に目で訴えられ、藤堂はサーモンの寿司を注文した。当然、チーズは挟ませない。

「藤堂、本当にチーズを入れなくていいのか？」

藤堂にニコライの気遣いは無用だ。

「チーズは入れないほうが美味しい」

シンプルに食べればいいのに、と藤堂はサーモンの寿司を咀嚼《そしゃく》しながらしみじみと思った。今ほど隣に桐嶋《きりしま》がいなくてよかったと痛感したことはない。桐嶋がこの寿司を見たら、手がつけられないぐらい大暴れしただろう。ウラジーミルとニコライがチョコレート寿司を食べた時、その思いはピークに達した。

チョコレート寿司もジャム寿司もアイスクリーム寿司も、断固として拒否したのは言うまでもない。

8

藤堂《とうどう》のロシアでの日々は初日こそニコライの来訪で嵐《あらし》にも似た幕開けになったが、数日経《た》つとパリでの暮らしとたいして変わらず、のんびりと時間が流れていく。

ウラジーミルはイジオット本拠地であるネステロフ城に、部外者である藤堂を連れていくことはない。ほかのイジオットの会合にも藤堂を同行しなかった。

あくまで藤堂は別荘に囲った愛人なのだ。

藤堂は久しぶりにピアノと向き合いつつ、パソコンやスマホで巧みに東京の動向を探った。桐嶋《きりしま》組はすぐに崩れ落ちると見られていたが、きちんとシマを維持し、それなりの利益を上げているようだ。

桐嶋が関東随一の大親分に気に入られたことも大きいだろうが、自身の男っぷりで回しているような気配もある。

あの無能な男たちを上手《うま》く使いこなしているのか、と藤堂は腑甲斐《ふがい》ない元舎弟の別人のような働きぶりに驚いた。

予想通り、眞鍋《まなべ》組や清和《せいわ》といい関係を築いている。

俺はいないほうがいいな、と藤堂はモニター画面に向かってポツリと漏らした。寂しさも悲しさも虚《むな》しさもなく、妙な安堵感《あんどかん》に満たされる。

シャチが藤堂捜索に戻った様子はないが、スペインを回っていた諜報部隊《ちょうほうぶたい》のメンバーは新たな情報を摑《つか》んだらしく、秋色に染まったパリに入ったようだ。藤堂がウラジーミルと行った場所、カフェやレストラン、シャンゼリゼ劇場やコメディー・フランセーズ、ドラクロワ記念館やモンパルナス美術館まで追っている。まだ藤堂のために購入したというアパルトマンは発見できないらしい。

たとえ、見つけたとしてもすでに藤堂はロシアだが。イジオットの影響力を考えると、ロシアでの情報操作は容易《たやす》い。

「シャチがいないとここまで能力が落ちるのか」

藤堂はシャチの手腕を再確認し、清和に牙《きば》を剝《む》く日を思い描いた。

どの国のどんな戦いでも、敗北の最大の要因は敵の強さではなく内部の弱さだ。外より内が重要なのだ。いずれ今の味方を失えば、清和は未《いま》だ経験したことのない窮地に陥《おちい》るだろう。

暴走族・ブラッディマッドの総長からメールが届いている。奏多《かなた》は貴重な駒《こま》なので当《あ》たり障《さわ》りのない返事を送っておいた。

迷うこともなく、桐嶋からのメールやメッセージは無視する。ピアニストの叔父《おじ》からも連絡が入っていたが、当然の如《ごと》く無視した。

子供の頃から母方の叔父には実の息子のように可愛《かわい》がってもらった。桐嶋と別れて東京で奮闘していた時も、ウィーンにいるはずの叔父が幼馴染《おさななじ》みと一緒に訪ねてきたから驚いたものだ。

『和仁《かずひと》くん、神戸《こうべ》に帰ろう。優しい和仁くんがどうしてこんなに私たちを苦しめる？　どんな行き違いがあったのか知らないが、お父様とよく話し合いなさい』

藤堂は実家を出た理由を誰にも告げていないし、実父も口を噤《つぐ》んでいるという。自分が悪かった、とひたすら悔やんでいるそうだ。

『俺はヤクザになった。帰れ』

『和仁くんがヤクザなんてジョークにもならない』

藤堂が背中に彫り始めた刺青《いれずみ》を見せると、叔父は腰を抜かして床に座り込み、幼馴染みはこの世の終わりのような顔で嘆いた。

『和仁、あんな不良とつき合ったのがそもそもの間違いなんや』

仲のよかった幼馴染みまで桐嶋を誤解して悪し様《あざま》に罵《ののし》った。傍《はた》から見れば、桐嶋以外に原因が思いつかないのだ。

『元紀《もとき》はなんの関係もない。第一、ヤクザをいやがって元紀は関西に帰った』

『金がなくなって元紀に捨てられたのか？　それでいいんや。あんな不良とは手を切ったほうがいい』

仲のよかった幼馴染みや叔父はとんでもない勘違いをしていたが、未だに誤解が解けていないフシがある。

あの日、藤堂は強引に叔父や幼馴染みを拒絶した。

それなのに、年に一度か二度、叔父は連絡を入れてきた。いつでも和仁を迎える準備はできている、と。日本より欧州のほうが暮らしやすいだろう、と。

どのような立場になっても、叔父の力を借りる気はない。ましてや実家に頼る気は毛頭なかった。

だが、眞鍋組の諜報部隊のメンバーがウィーンにいる叔父のみならず、神戸の家族をマークしているという情報に、藤堂は動揺せずにはいられない。一流の情報屋である木蓮《もくれん》から仕入れた情報なので事実だろう。

ついでに、藤堂はインターネットでロシア語を学習するためのサイトを見る。ウラジーミルの周囲には日本語を話せる者が多いし、イジオットのメンバーならば英語が通じるから不便は感じないが、後々どうなるかわからないからある程度は理解しておきたい。頼めばウラジーミルは嬉々《きき》としてロシア語教師を雇ってくれそうだが、それでは意味がないので控えている。

ロシア語がわからない、と周りに思わせておくことは重要だ。わからないと思っているから、イジオットのメンバーや使用人は藤堂の前でも平気で話す。生の情報は貴重だ。

「……愛人に情人に恋人に日本人に結婚式に新婚にピアニストか……使用人がよく口にしているな」

それらは使用人の口から頻繁に飛びだしていたから、自然に覚えた単語だ。頭の片隅に刻まれた単語に、日本攻略の先陣や兵隊を意味するものはない。

キナ臭い単語に行きついた時、重厚な扉の向こう側から言い争う声が聞こえてくる。ウラジーミルの冷静沈着な部下の語気が荒い。ニコライではなさそうだが、招かれざる客がやってきたのだろう。

藤堂がパソコンの電源を落とすと、タイミングを見計らっていたかのように重厚な扉が開き、ウラジーミルの弟であるアレクセイが現れた。傍らにはスクリーン画面から抜けだしてきたような華やかな美女が立っている。

「藤堂、久しぶり。ロシアはどうだい？」

アレクセイに親しく話しかけられ、藤堂は悠然と距離を詰めた。

「アレクセイ、ご無沙汰《ぶさた》しております。ウラジーミルは外出していますが？」

幹部のアレクセイならば、ウラジーミルがイジオットの本拠地に赴いたと知っているはずだ。

「知っている。藤堂に会いに来た。彼女は妻のタチアナだ」

アレクセイが連れている典型的なスラブ系美女は妻のタチアナだという。藤堂の脳裏の片隅に、タチアナという美女はインプットされていた。ウラジーミルが学生時代に交際していた美女の名前がタチアナだ。

「なんのご用ですか？」

「タチアナが藤堂に会いたがったんだ」

ウラジーミルの弟である以上、アレクセイはそうそう邪険にはできない。それはウラジーミルの部下にしても同じ気持ちらしい。渋々といった風情で、使用人にイタリアルネッサンスを模した大広間で茶会の用意をさせている。

タチアナは日本語が話せないので会話は英語だ。ロシア語訛《なま》りのきつい英語だが、日本人である藤堂の耳には聞きやすい。

本当にウラジーミルの愛人なのか、タチアナは何度も執拗《しつよう》に確認してきた。ウラジーミルが公言している以上、否定することはできないが、あえて肯定もせず、曖昧《あいまい》な微笑と返事で流した。のらりくらりと躱《かわ》すのは得意だ。

十七歳の時、タチアナはウラジーミルが目の前で拉致《らち》されたことにひどいショックを受けたという。ウラジーミルが無事に帰ってきた後、タチアナは捨てられている。どんなにタチアナが泣いて縋《すが》っても、ウラジーミルの心は戻らなかった。

婚約を間近に控えていた恋人の心変わりに、タチアナは泣き暮らしたそうだが、手を差し伸べてくれたのがウラジーミルの弟であるアレクセイだった。両親の勧めもあり、タチアナはアレクセイに嫁いだらしい。

人としての血が流れていない男だ、あんなに冷たい男はいない、とタチアナは水色の目を潤ませて、ウラジーミルを罵った。

アレクセイが同席しているから、下手《へた》なことは言えないが、藤堂は当時のウラジーミルの心情が理解できる。

ウラジーミルがあなたを愛していたことは間違いない、ウラジーミルは自分が狙《ねら》われたことで愛した女性の危険を思い知ったから身を引いたのだ、と藤堂が切々と連ねると、タチアナは声を出して派手に泣きだした。

今まで独身で恋人を作らなかったのはあなたを今でも愛しているからだろう、と藤堂が感情たっぷりに言うと、タチアナの嗚咽《おえつ》はますます激しくなり、アレクセイは満足そうに微笑《ほほえ》んだ。

やはり優秀な兄のものを欲しがる弟か、と藤堂はアレクセイの本心を悟る。アレクセイは騎士道精神を発揮したわけではなく、タチアナを愛したわけでもなく、単にウラジーミルが添い遂げようとしていた女性だから手を出したのだ。ウラジーミルがアレクセイを嫌う理由が手に取るようにわかる。

幸せになってください、と藤堂が優しく囁《ささや》くように言うと、タチアナはアレクセイの隣で大きく頷《うなず》いた。未だにタチアナの心を占めているのは、夫であるアレクセイではなく、ウラジーミルなのだろう。初めてウラジーミルが愛人を囲ったと知り、それも日本人男性だと聞き、いてもたってもいられなかったのかもしれない。

いや、アレクセイに誘導されてやってきたのではないか。

タチアナと俺を会わせて、俺を揺さぶろうとしているのか、と藤堂は貴公子の仮面を被《かぶ》ったアレクセイを眺めた。

ウラジーミルのような冷酷さや影は感じないが、アレクセイのそこはかとない薄っぺらさにはいやでも気づく。

情報屋から仕入れたデータによると、無愛想《ぶあいそう》なウラジーミルより母性本能をくすぐるアレクセイは母親に溺愛《できあい》されている。巨大な犯罪組織の中でも、イジオットの誕生の経緯や形態からして、母親の存在は無視できない。母親がアレクセイを次期トップに推薦したら、今まで保っていたバランスが崩れる。

国も組織も滅ぶ時は中からだ、と藤堂は兄弟間に刻まれている亀裂《きれつ》に懸念を抱いた。


タチアナはひとしきり喋《しゃべ》って鬱憤《うっぷん》を晴らしたのか、アレクセイに守られて帰っていく。

彼女は安易に兄から弟に乗り換えた薄情な女性ではない。どちらかというと、情の深い女性に思えた。

あのままウラジーミルと結婚していれば、誰もが羨《うらや》むような仲睦《なかむつ》まじい夫婦になっていただろう。

今夜、ウラジーミルはイジオットの本拠地であるネステロフ城に泊まり、愛人宅である藤堂の館には帰ってこない。

兄のものを欲しがる軽薄な弟は来るかな、と藤堂は早めにビーフストロガノフがメインの夕食をすませ、天然大理石で造られたローマ風の風呂《ふろ》に入った。風呂には真紅の薔薇《ばら》の花びらが浮かんでいたが、使用人頭の心遣いだろう。

いったい誰が手引きしたのか、イタリア製の天蓋《てんがい》付きのベッドが置かれた寝室には、スーツ姿のアレクセイがいた。

「アレクセイ？　どうした？」

やはり来たか、と藤堂は心の中で呆《あき》れつつ、冷静にアレクセイと対峙《たいじ》した。一歩間違えれば大騒動になりかねない。

「招待してくれたのは藤堂だろう」

アレクセイはガウン姿の藤堂を値踏みするように眺めた。これがウラジーミルが抱いている身体《からだ》なのか、という心の中の声が聞こえてきたようだ。

「招待した覚えはない」

「藤堂、君は僕を誘った。無意識のうちに」

三流のジゴロより下手な口説き文句に、藤堂は噴きだしそうになったが耐える。

「ロシアでは話をしただけで誘惑したことにならないはずだ。帰りなさい」

アレクセイはゆっくり距離を縮め、藤堂の身体に触れようとした。当然、藤堂はすんでのところで身体を逸《そ》らす。

「そのうちウラジーミルに飽きて捨てられる。藤堂が哀れでね」

「哀れ？　飽きられたら捨てられるのは当たり前」

さっさと飽きてほしいな、という思いを込めて藤堂が切々と言うと、アレクセイは首を振った。

「ウラジーミルを甘く見るな。ただ捨てられるわけじゃない。藤堂はひどい目に遭うだろう」

自分をウラジーミルの愛人だと信じて疑わないアレクセイを、藤堂は心の中で嘲笑《あざわら》った。それで揺さぶっているつもりか、と。俺が元ヤクザだという情報を摑んでいないのか、と。それでウラジーミルに張り合うつもりか、と。

「そうかもしれない」

「僕ならばウラジーミルみたいにひどいことはしない。ずっと藤堂を大切にする」

今のうちに僕のところにおいで、とアレクセイは情感たっぷりに続けた。美青年だからムードはあるが、誠意はまったく感じない。

「何を言っている。タチアナが可哀相《かわいそう》だから帰れ」

「タチアナは文句を言わない」

　タチアナはもともと優しい女性だったが、ウラジーミルの恋人だったという負い目からか、アレクセイになんの文句も言わないようだ。アレクセイが上手く抑えつけているのだろう。

「俺もウラジーミルに捨てられても文句は言わない。恨んだりもしない。安心してくれ」

　藤堂に拒絶されると思っていなかったのか、アレクセイは青い瞳《ひとみ》を大きく揺らした。

「藤堂？　今のうちに僕のところに来たほうがいい。心配でたまらないんだ。今夜、ウラジーミルはボスの命令で花嫁候補と会っている」

　初めて囲った愛人が日本人男性と知り、ボスである父親は危機感を抱いたのかもしれない。

　さっさと結婚しろ、と藤堂は心の中でネステロフ城にいるウラジーミルに届くように言った。

「そうですか」

「藤堂、君のためだ。僕の手を取れ」

　アレクセイの腕に搦《から》め捕《と》られそうになり、藤堂は艶然《えんぜん》と微笑みながら、某国の美術館で盗まれて大騒ぎになっていた絵画の前に立った。

「アレクセイ、ウラジーミルと争う気か？」

藤堂は絵画の裏に隠していた拳銃《けんじゅう》を手にする。そして、呆然《ぼうぜん》としているアレクセイに照準を定めた。

「藤堂？」

「今、ウラジーミルと争ったら喜ぶのはほかの組織だ。それこそ、ペトロパヴロフスクが喜ぶだろう。ヴォロノフも祝杯を挙げてから攻め込んでくる」

ウラジーミルのためにはここでアレクセイを始末したほうがいい。藤堂はアレクセイの心臓に照準を合わせる。

「ウラジーミルと争う気はない」

アレクセイは口では否定したものの、ウラジーミルへの対抗心は隠せない。母親に溺愛されているからなおさらだ。

「一応、俺はウラジーミルの愛人として囲われている。その俺に手を出すな」

「僕は藤堂のためを思って来たんだ。このままだと君は捨てられて、ルビャンカに送られた外国人スパイより悲惨な末路を迎える」

ウラジーミルの趣味は拷問だ、とアレクセイは真っ青な顔で続けたが、妙なリアリティがあった。

ルビャンカとはモスクワのルビャンカ広場にあるロシア連邦保安庁本部庁舎だが、アレクセイはソビエト社会主義共和国連邦時代の情報機関であるソ連国家保安委員会、すなわちKGBの本庁舎として示唆している。ルビャンカはKGB管轄の刑務所としても有名で、多くの受刑者が抑留されて尋問され、激しい拷問を受けた後に絶命した。なかでも外国人スパイに対する非人道的な拷問は凄《すさ》まじい。

「俺の心配は俺がする。君の心配は無用」

ここでアレクセイを撃ち殺したら、かえって危険になるかもしれない。藤堂はトリガーを引こうとしたが躊躇《ためら》った。

「藤堂、殺す気ならさっさと引いたほうがいい」

藤堂の殺意が消えたことに気づいたのか、アレクセイは喉《のど》の奥で勝ち誇ったように笑った。

「何もなかったことにする。このまま帰ってくれ」

藤堂は銃口をアレクセイに向けたまま、扉に向かって顎《あご》をしゃくった。兄弟間の争いに関《かか》わらないほうがいい。

「藤堂を抱いてから帰る」

獣のような目で言うや否《いな》や、アレクセイは飛びかかってきた。油断していたわけではないが、咄嗟《とっさ》のことで藤堂は避《よ》けられなかった。凄まじい勢いで天然大理石の床に押し倒された。

体格差はそのまま腕力の差に繋《つな》がる。

「やめろ」

「やめて、と可愛く言って足を開くのが日本女性だ」

アレクセイは見下すような目で貞操観念の低い日本女性を揶揄《やゆ》した。一部の日本女性の浅はかな行動が、各国の男の間では事実として広まっている。

「繰り返す、ここでやめろ」

ウラジーミルに勝るとも劣らない体軀《たいく》に押さえ込まれ、藤堂は身動きがまったく取れない。拳銃は窓際に追いやられた。

「日本の紳士は抱いたらどうなるのかな」

アレクセイの男としての欲望を明確に感じ、藤堂は焦燥感に駆られた。腕力的にも体力的にも対抗できないことは間違いない。

「ウラジーミルを怒らせるな」

「ウラジーミルは怒ったりしない」

「どうしてそう断言できる?」

「今、ウラジーミルが帰ってきたら俺は感謝されるだろう。藤堂を拷問する理由ができたから」

アレクセイが残虐なウラジーミルの過去を明かした時、いきなり、なんの前触れもなく精巧な細工が施された扉が開いた。

マシンガンが連射される。

藤堂はアレクセイの身体の下で冷静にマシンガンの無気味な音を聞いた。アレクセイは意表を突かれたらしく硬直している。

マシンガンの照準が藤堂とアレクセイに定められていないことは確かだ。

天井から吊《つ》るされた豪華なクリスタルのシャンデリアや壁にはめ込まれた鏡、イタリア製の大きな飾り花瓶や陶器の人形がマシンガンの的になり、耳障りな音を奏でて壊れたが、それらの破片は藤堂の身体を襲わない。たぶん、乱射しているようでいて、藤堂の身体が傷つかないように的を絞っている。

マシンガンの連射が終わった瞬間、いやというほど覚えのある冷たい声が響き渡った。

「アレクセイ、俺の愛人に何をする」

イジオットの本拠地に宿泊しているはずのウラジーミルが、扉の前でマシンガンを構えていた。周囲にはイワンを筆頭に戦うために生まれてきたような男たちが並んでいる。

アレクセイはウラジーミルの声で正気を取り戻したらしく、慌てて藤堂の身体から離れて立ち上がった。

アレクセイはロシア語で言い訳をしているが、藤堂に責任を押しつけようとしているようだ。ロシア語は理解できなくても、アレクセイの性格を考えれば手に取るようにわかる。

さしずめ俺は欲求不満の愛人か、とはだけたバスローブを整えながら藤堂は苦笑を漏らす。

イワンは心の底から呆れたような顔で言った。

「藤堂、少しぐらい慌ててナイのか?」

「俺が慌てる必要はない」

藤堂はにっこりと微笑むと、殺気を漲《みなぎ》らせているウラジーミルとアレクセイに視線を流した。

今にもウラジーミルはアレクセイの心臓を撃ち抜きそうだ。

けれど、顔面蒼白《がんめんそうはく》の側近がアレクセイの盾になり、必死になってウラジーミルを止めている。

アレクセイは自己弁護を繰り返し、逃げるようにウラジーミルの前から去った。その瞬間、辺りは重苦しい静寂に支配される。

ウラジーミルは鷹揚《おうよう》に顎をしゃくり、部下たちはいっせいに下がった。マシンガンの的になった寝室には、藤堂とウラジーミルしかいない。

「藤堂がアレクセイを誘惑したのか?」

ウラジーミルの視線だけで凍えそうな気がしないでもない。しかし、藤堂は怯《おび》えたりしない。

「ウラジーミル、俺は君の相手だけで精一杯、弟の面倒まで見れない」

藤堂の皮肉混じりの言い回しに、ウラジーミルのどこかのネジが外れたようだ。

「藤堂はアレクセイの下心に気づいていたはずだ」

ウラジーミルは悪魔のような形相《ぎょうそう》で、藤堂に伸しかかってきた。天蓋付きベッドがあるのに、藤堂は固い床に押しつけられる。

「ああ。兄のものだと欲しくなる浅はかな弟だ」

藤堂が穏やかな声音で言い当てると、ウラジーミルの顔つきはますます険しくなる。心なしか、周りの空気も変わった。

「わかっているなら、なぜ護衛を部屋に入れておかなかった」

藤堂の腕を摑むウラジーミルの力が増した。

「その護衛がアレクセイに買収されていたらどうする？」

まだ頭に血が上っているのか、ウラジーミルは藤堂の懸念に気づいていない。指摘されて初めて自分を取り戻したようだ。

「……その可能性は否定できないが」

「俺は誰が信じられるか、信じられないか、判断ができない。ただ、いざとなれば俺がアレクセイを撃ち殺すつもりでいた」

「藤堂には無理だ」

ウラジーミルの目に藤堂は餌《えさ》になる草食動物にしか映らない。おそらく、アレクセイにとっても無力な優男《やさおとこ》だ。

「今、兄弟間で揉《も》めないほうがいい。今回のことは水に流せ」

どちらかといえば好戦的なウラジーミルの側近たちも、アレクセイとは波風を立てないように気を配っている。特に異国人の男の愛人が戦争のきっかけになったりしたら、イジオットの威信にも関わりかねない。

「藤堂、どうしてそんなに落ち着いている？」

ウラジーミルは忌ま忌ましそうに言うと、乱暴な手つきで藤堂の胸元を開いた。自分がつけたキスマークしかないことを確かめているのだ。胸元や脇腹《わきばら》、特に内腿《うちもも》に赤い跡は点在したが、どの跡にもウラジーミルは記憶があるらしい。

「俺は生命保険金目当ての父親に殺されかけた。どうしてこれぐらいで慌てなければならない？」

あの時に比べたらどうってことはない。藤堂は感情を荒らげずに過去を口にした自分に少なからず驚いた。

「……生命保険金？」

調査していなかったのか、摑めなかったのか、ウラジーミルの青い目が大きく揺れている。

この様子だと、藤堂は不良少年に騙《だま》されて道を踏み外した良家の子息と思われていたのかもしれない。

「俺は父親に金目当てに殺されそうになった息子だ。二度目の父親にも始末されそうになった。信じていた舎弟には裏切られ、可愛がっていた舎弟は眞鍋のスパイだった。これぐらいで驚かない」

藤堂が辛苦に彩《いろど》られた過去を吐露すると、ウラジーミルは苦渋に満ちた表情を浮かべた。

「俺はアレクセイに抱かれているお前を見てブチ切れた。アレクセイを殺したかった」

古今東西、王冠を狙って戦い合う兄弟の話は数え切れないほど転がっている。共闘できないならば、組織が真っ二つに割れないうちに、先手を打ったほうがいいかもしれない。

「殺すのはまだ早い」

いずれ、アレクセイはウラジーミルの命を狙うだろう。兄としての立場を思えば先に仕掛けないほうが賢明だ。

「甘い。藤堂の助言は甘すぎる」

「いったい誰がアレクセイを手引きしたのか、部下か使用人か、調べ直したほうがいい」

「若いメイドがアレクセイのお手つきだ」

すでにアレクセイを手引きした人物は判明しているらしい。

「今夜、罠《わな》を張っていたわけではないな？」

一瞬、自分を餌に罠が仕掛けられたのかと思ったが、それにしては杜撰《ずさん》すぎる。藤堂が躊躇《ためら》いがちに聞くと、ウラジーミルは普段より低い声で明かした。

「昼過ぎ、タチアナとアレクセイが藤堂に会いに来たという報告を受けた。それでアレクセイの魂胆がわかった」

急遽《きゅうきょ》、予定を変更して、ウラジーミルはネステロフ城を発《た》ったという。アレクセイを熟知している兄だからこその懸念だ。

「花嫁候補はどうした？」

「藤堂以外と結婚はしない」

花嫁候補と会っていたことは事実らしく、ウラジーミルはしかめっ面《つら》で言い切った。どうやら、花嫁候補は不意打ちだったらしい。

「タチアナが忘れられないのか？」

「まさか」

ウラジーミルにタチアナへの未練はいっさいなく、それどころか嫌悪感《けんおかん》さえ抱いているようだ。

「女性を怒らせると怖いぞ」

手酷《てひど》くタチアナを捨てたのは、ほかでもないウラジーミルだ。タチアナの情念にも似た初恋の残骸《ざんがい》に懸念は消えない。

「藤堂、よくもほかの男に触らせたな」

胸の突起に歯を立てられ、藤堂は形のいい眉を顰《ひそ》めた。

「不可抗力だ」

「二度と俺以外の男に触らせるな」

清和が氷川《ひかわ》に向けたという言葉がウラジーミルから飛びだし、藤堂の目は宙を彷徨《さまよ》った。

アレクセイに望んで触られたわけではない。そもそも、被害はない。

「二度と？　そろそろ髪の毛を切りたいんだが、女性の理容師ならいいのか？」

藤堂はウラジーミルの勢いを削《そ》ごうとしたが徒労に終わった。不発弾を打ち込んでしまった気分だ。

「愛人らしくしろ」

ウラジーミルの愛人になった覚えはないが、ここで反論しても面倒なだけだ。肌を辿《たど》るウラジーミルの唇を感じつつ、柔らかな声音で答えた。

「愛人らしくしているだろう」

与えられた館から脱出しようとせず、藤堂はおとなしく囚《とら》われている。もっとも、眞鍋組のことがあるからここはいい隠れ家になるのだが。

「どこが？」

「俺は愛人になったことはないし、愛人を囲ったこともない。無理を言うな」

宝石を買え、毛皮を買え、鞄《かばん》を買え、高級車を買え、マンションを買え、とパトロンに求めた愛人しか藤堂は知らない。だが、藤堂は宝石も毛皮も鞄も高級車もマンションもいらない。無用のものをねだっても仕方がないだろう。

「俺のことだけ考えろ」

己に屈服していない藤堂に焦《じ》れているのか、ウラジーミルからいつもの自信や覇気が感じられない。

「ウラジーミルは俺のことしか考えていないのか？」

ウラジーミルの心の大半を占めているのはイジオット関係だろう。藤堂が煽《あお》るように言うと、ウラジーミルは横柄な態度で流した。

「俺はいいんだ」

ウラジーミルの身勝手な言い分に呆れたが、尊大な彼らしくていっそ感心さえしてしまう。藤堂は身体の力を抜き、我《わ》が儘《まま》な男の激しい愛撫《あいぶ》を受け入れた。

昨夜《ゆうべ》より胸の突起をきつく吸い上げられ、波打つ叢《くさむら》を鷲掴《わしづか》みにされる。分身が握られたかと思うと、亀頭《きとう》を指で煽るように弾かれたが、すぐに秘部を手繰《たぐ》られる。藤堂はウラジーミルにされるがままだ。

ただ、ウラジーミルは藤堂の身体を傷つけるようなことはしなかった。


翌朝、藤堂はしかめっ面《つら》のイワンから滔々《とうとう》と愛人の心得についてレクチャーされた。最低でもウラジーミルが館から出る時はキスで見送り、帰宅したら玄関で出迎えるべきだという。

いちいち面倒だが、それぐらいでウラジーミルの機嫌が直るならいい。吹き抜けが見事な玄関ホールで、藤堂はモスクワの繁華街に向かうウラジーミルの頬にキスをした。

「いってらっしゃい」

愛想の欠片《かけら》もない部下たちが居並ぶ中、藤堂は唇に落ちてくるウラジーミルの口付けを受け止める。

ウラジーミルが満足したのか無表情なのでわからないが、側近たちを引き連れて出立した。

アレクセイの件を重く見たらしく、ウラジーミル腹心の部下が藤堂の護衛として残る。

藤堂がフランス製の長椅子《ながいす》に座り、ロシアのガイドブックを開いて尋ねたら、腹心の部下は流暢な日本語で説明してくれた。

「藤堂、ロシアの美術を主に展示しているのは、モスクワのトレチャコフ美術館やサンクトペテルブルクのロシア美術館です」

「どちらにも行ってみたいが、ウラジーミルに黙っていてくれるか？」

藤堂は自分にどれくらいの自由があるのか試すと、腹心の部下は人懐《ひとなつ》っこい笑顔で答えた。

「藤堂が望めばウラジーミルはトレチャコフ美術館でもロシア美術館でも借り切ってやる」

予想していなかった返答に、藤堂は軽く微笑んだ。

「そうか」

どちらの美術館も借り切る必要はない、と藤堂は喉まで出かかったが思《おも》い留《とど》まった。

「藤堂にはロマノフの宮殿も巡ってほしい。ウラジーミルの予定なら調整する」

欧州の列強を凌《しの》ごうという意気込みで建てられた宮殿は、ロシア帝国の豊かさを象徴するような豪華さだ。

「ウラジーミルの仕事の邪魔をしてはいけない。それでなくてもパリではゆっくりしすぎた」

「ウラジーミルは藤堂のためならなんでもする。藤堂は命の恩人だ」

「恩人？」

腹心の部下はブルガーコフに監禁されたウラジーミルを助けた日本人を知っていた。ありったけの感謝を注がれ、藤堂は少なからず戸惑う。ウラジーミルのみならず欧米人にそういった感情は薄いものだと思っていたからだ。

「命の恩人がこんなに若いと思わなかった。エキゾチック、細い。もっとたくさん食べましょう。シェフはロシア料理しか作れないけど、きっと頼めば日本料理も作ってくれる」

どこでも多かれ少なかれ日本のイメージが一人歩きしているが、腹心の部下にとって日本人男性は刀を振り回している猛々《たけだけ》しいサムライらしい。

藤堂は困惑しつつもサラリと流した。

午後、雪が降らなかったので防寒対策してから乗馬を楽しむ。ウラジーミルが選んだという雌馬は気立てが優しい。

お抱えシェフから夕食の献立について確かめられた後、静かな迫力を張らせたウラジーミルが帰ってくる。

「お帰り」

藤堂は玄関ホールでウラジーミルを出迎え、シャープな頬に唇で優しく触れた。いつになくウオッカの匂《にお》いがするが、それについては何も言わない。

「ああ」

ウラジーミルは藤堂の唇に派手な音を立てる。それから、腰を抱いて長い廊下を進んだ。

これが愛人の正しい在り方か、情報屋の木蓮から買った情報では清和と氷川もこのような形態ではなかったか、と藤堂は眞鍋組の組長夫妻を脳裏に浮かべる。

綺麗《きれい》な姐《あね》さんならともかく俺にこんなことをさせるとは理解できない、と独創的な寿司以上にロシア人男性に対する謎《なぞ》が深まった。極暑にウオッカを飲んでから川に飛び込み、溺死《できし》する輩《やから》もいるというロシア人男性ならではか。

考え込む間もなく、藤堂はウラジーミルとともに黒檀《こくたん》のダイニングテーブルで夕食を摂《と》ったが、キャンドルの灯《あか》りが揺らめく中、異様な日本食が運ばれてきて息を呑《の》んだ。

「……ウラジーミル、味噌汁《みそしる》にチーズが入っている」

今日、お抱えシェフは日本料理の冊子を手にリクエストを求めてきた。藤堂の希望は豆腐の味噌汁であり、チーズの味噌汁ではない。お抱えシェフはロシア語しか話せず、ウラジーミルの腹心が通訳をしてくれたが、そこでなんらかの行き違いがあったのかもしれない。

「それが？」

ウラジーミルはチーズ入りの味噌汁を日本料理として受け入れている。給仕についている中年の使用人や使用人頭にしてもそうだ。

「味噌汁にチーズは入れるものじゃない」

「藤堂がリクエストしたのだろう?」

お抱えシェフはロシア料理一本でやってきたというが、ウラジーミルが日本人男性を囲い、思うところがあったらしい。本日、勇猛果敢にも初めて日本料理に挑戦したようだ。

「俺のリクエストは豆腐の味噌汁だ」

「豆腐?」

藤堂は箸《はし》で味噌汁を調べるように掻《か》き回《まわ》し、ワカメの代わりにレタスが入っていることにも気づく。なぜ、ワカメではなくレタスなのかと思ったが、チーズを発見した後ではさして驚かない。

「……ああ、豆腐がチーズに見えたのか? 豆腐がなくてチーズを代用したのか? 豆腐とチーズは別物だが……」

「スメタナで作らせるか?」

日本でサワークリームと呼ばれているスメタナは、ロシア料理において欠かせない万能の調味料であり、サラダやスープにもかけられている。特にロシア料理の代表格であるボルシチにスメタナを入れるとまろやかになって絶品だ。お抱えシェフの作るボルシチにもスメタナが加えられていたが、とても美味《おい》しかった。

「スメタナ？　サワークリームだな？　味噌汁にサワークリームを入れるな」

「なぜ？」

ウラジーミルは真剣に悩んでいるようだが、藤堂も困り果ててしまった。おにぎりにイチゴを詰めた交換留学生を思いだしている場合ではない。当然、桐嶋のようにまっとうな味噌汁を作って説明することもできない。

「その疑問を持つ男に上手く説明できる自信がない」

「味噌汁にサワークリームを入れると何か問題があるのか？」

バターを入れた味噌ラーメンがあるから、サワークリームをかけた味噌汁もありなのか、と藤堂の脳裏に味噌と乳製品が飛び交った。味噌汁にサワークリームがかけられても、それで会議が必要になるような問題は起こらない。

「特に問題はないといえばない」

「日本料理は難解だな」

ほうれん草のお浸しやシメサバは食べられたが、掻き揚げの天麩羅《てんぷら》は残念な味になっていた。食材自体はいいのにどこで何をしたのか不思議でならない。

「ウラジーミル、シェフが作るロシア料理はどんなレストランにも引けをとらない。せっかくロシアにいるのだから、俺にロシア料理を堪能させてくれ」

実家の食卓では海外のメニューが上がることが多く、子供の頃から食べつけているので、藤堂は毎食パンでも平気だ。

藤堂はお抱えシェフのプライドを傷つけないように日本料理を断ったつもりだが、ウラジーミルには心の内を悟られただろう。だが、ウラジーミルもお抱えシェフのメンツを察して藤堂の芝居に参加した。

「ああ、俺が子供の頃から厨房《ちゅうぼう》に立っていたシェフだ。ロシアの家庭料理も宮廷料理も得意だから楽しみにしていろ」

日本料理は作らせないから安心しろ、とウラジーミルは視線で語りかけてくる。

「昨日食べた魚のスープは美味しかった」

新鮮な鮭《さけ》からブイヨンが取られているからか、濃厚であってもしつこくなく、後味がさっぱりしていた。日本人好みのスープかもしれない。

「ああ、ウハーか」

ウラジーミルは昨日テーブルに上ったロシアの代表的な魚のスープのウハーを思い出したようだ。

「ニシンの塩漬けも美味しかった」

塩漬けにしたニシンを切ったシンプルなメニューだが、ほどよく脂がのっていて見た目以上に美味しい。ウオッカのつまみとしてよく食べられているという。

「藤堂は魚が好きか?」

ウラジーミルは魚料理より肉料理を好んでよく食べた。当然のようにお抱えシェフが作る料理も肉料理が多い。

「ああ」

藤堂とウラジーミルが食卓を囲む姿を、中年の使用人や使用人頭は嬉《うれ》しそうに眺めている。

彼らの視線に気づかない藤堂ではない。

けれども、何も気づかないふりをした。

夕食の後、なんの気なしにウラジーミルに桐嶋と銭湯に通った話をすると、ローマ風の風呂にふたりで一緒に浸《つ》かることになった。

藤堂を見つめるウラジーミルがひどく艶《なま》めかしい。

もうそんな目で俺を見るな、という意思表示で、藤堂は濡《ぬ》れた手でウラジーミルの目を閉じさせる。

しかし、その手をウラジーミルに握られ、優しい口づけを受けた。

ウラジーミルとアレクセイの関係が表立って険悪になることはなかった。対立している
ペトロパヴロフスクが大きな脅威になっている今、兄弟間で争っている場合ではないの
だ。

9

これといって問題もなく三日過ぎた後、藤堂《とうどう》はロマノフ王朝の正装姿のウラジーミルに強引に連れられて専用旅客機に乗る。藤堂も時代がかった礼服を着せられて思い切り困惑したが、文句が連ねられる空気ではない。それでも、このまま流されるのは危険だ。

「ウラジーミル、説明してくれ」

世が世ならロシアン・マフィアではなく皇子様か。ロマノフ王朝の末裔《まつえい》の証《あかし》であるかのように、ウラジーミルは仰々しい正装を自然体で着こなしている。パリの街を闊歩《かっぽ》したジーンズ姿とは身に纏《まと》う雰囲気がまるで違った。いや、普段、藤堂の肩を抱きながら、ウオッカを瓶で呷《あお》っている男と同一人物とは思えない。

「イジオット初代ボスの生誕祭だ。イジオットの主だったメンバー、家族がネステロフ城に集まる」

ウラジーミルは空の上でようやく行き先を明かした。

年に一度、イジオットの初代ボスの誕生日には、ロマノフ王朝の正装姿で集まって結束を誓い合う。時代錯誤と陰口を叩《たた》かれても、金がかかるだけと囁《ささや》かれても、イジオットに脈々と受け継がれている習わしだ。

「どうして俺まで？」

藤堂はイジオットのメンバーでもなければ家族でもない。内密にしなければならない同性の愛人だ。本来ならば大切な生誕祭に招かれる立場にない。

「オリガ、俺の母が会いたがっている」

オリガとはウラジーミルの母親で、イジオットのボスの妻である。ロマノフ王朝に忠誠を誓い続けている元侯爵家の令嬢だ。アレクセイの母親でもあり、優しくて情が深く、イジオットのメンバーからも慕われている。

ちなみに、ウラジーミルの元恋人であり、アレクセイの妻になったタチアナの母親とは親戚《しんせき》だ。オリガは昔からタチアナを気に入っており、今でも本当の娘のように可愛《かわい》がっているという。タチアナを捨てた時、ウラジーミルはオリガからこっぴどく叱《しか》られたらしい。

「ウラジーミルの花嫁候補を見つけたのは母親か？　俺は金を積まれて身を引くように説得されるのか？」

女性の影がなかった長男が日本人男性を囲ったと聞き、慌てて花嫁候補を見繕ったのは母親だったようだ。

藤堂がありえる展開を予想すると、ウラジーミルは目を曇らせた。

「母はロシア語しか話せない。顔を合わせるだけでいい」

藤堂は何も言うな、とウラジーミルは冷徹な迫力を漲《みなぎ》らせる。母親に藤堂を会わせたくないのだろう。

「ウラジーミル、俺を理由に結婚を拒むのはやめろ」

ウラジーミルが大事な生誕祭に藤堂を同行させる理由は明らかだ。これでは愛人ではなく伴侶《はんりょ》の立場になりかねない。ロシアの同性愛事情からして、同性のパートナーは大きな問題を引き起こす。

「藤堂が始末される危険はないから安心しろ」

ウラジーミルを堕落させた男として藤堂が暗殺される危険性はないらしい。もっとも、この世には絶対はない。

「誰もそんな心配はしていない」

「愛人も伴侶も変わらない。どちらでもいいだろう」

ウラジーミルはなんでもないことのように言ったが、藤堂は抜けだせない深みに嵌《はま》ったような気がして頭が痛くなってきた。

「……言ってくれる」

「ピアニスト志望だと伝えている」

ウラジーミルは母親に初めて囲った愛人について問われて、ピアニストだと答えたという。藤堂は館で時間があればピアノを弾いているし、使用人たちが聞き入っているが、ピアニストを目指しているわけではない。

「ピアニスト志望？」

「藤堂は俺の愛人だ。兵隊にはしない」

今まで一度たりとも、ウラジーミルが藤堂にイジオットの仕事に関して話したことはない。単なる愛人だと公言した通り、藤堂を仕事に関《かか》わらせる気はないのだ。館に詰めている部下たちも、藤堂を愛人として遇している。

「ああ、俺も兵隊になるつもりはない」

藤堂もロシアン・マフィアの闇《やみ》には触れないように注意していた。

「藤堂が使える男だと知られたら兵隊として使われるぞ」

弱々しい音楽青年を演じろ、とウラジーミルは真剣な目で命じている。

察するに、イジオットのボスは藤堂の素性《すじょう》を摑《つか》んでいるのだろう。日本語に堪能な者が多いイジオット内部を知れば、日本攻略を練っていることは確かだ。

「ピアニスト志望だから、一分でも長くピアノの練習をしたい。館に帰らせてくれないか」

要はネステロフ城に行かなければそれですむ。ウラジーミルの父親や母親には会わないほうがいい。

藤堂がピアニスト志望を逆手に取ると、ウラジーミルは不敵に口元を緩めた。彼は自分の意思を曲げるつもりはない。

「藤堂は俺のものだ」

おそらく、ウラジーミルは藤堂を自分の所有物として公にしたいのだろう。兄のものを欲しがるアレクセイに触発され、思うところがあったのかもしれない。

「シャチが橘高清和《きったかせいわ》を裏切るか、裏切らないか、賭《かけ》を忘れたか？　まだ賭の結果は出ていない」

ウラジーミルに身体《からだ》は好きにさせているが、すべてを許しているわけではない。藤堂の主人は藤堂自身だ。

「シャチは実妹のために眞鍋《まなべ》の橘高清和を裏切らない。賭は俺の勝ちだ」

「俺は自分の勝利を確信している」

やっかいなことになった、と藤堂がこめかみを揉《も》んでいると、ふたりを乗せた専用旅客機は、イジオットの本拠地であるネステロフ城に着陸した。

華やかなロシア・バロックの建築様式にドイツの堅実さが微妙に融合され、防御にも優れており、ファサードは筆舌に尽くしがたい。ロマノフ王朝の栄華を物語っているような宮殿だ。

藤堂がウラジーミルとともに専用旅客機から降りると、整然と並んだ正装姿の兵士に迎えられる。映画の中のワンシーンに見えないこともないが現実だ。欧州の某王国の戴冠式《たいかんしき》や成婚式を彷彿《ほうふつ》とさせるが、ロシアの一角でひっそりと行われている。

もう逃げられない。

藤堂は気弱そうな微笑を浮かべ、ピアニストを念頭に置いて、ウラジーミルと一緒に赤絨毯《じゅうたん》の上を歩いた。

先祖が近衛兵《このえへい》だったという部下は近衛の軍服に身を包み、藤堂とウラジーミルの護衛についている。先祖が陸軍兵だったという部下は、陸軍の軍服姿でウラジーミルにつき従った。

ウラジーミルは宮殿の建物に入る前、一度立ち止まって、一糸乱れぬ動きの兵士たちに軽く手を上げる。

正式な伴侶でない藤堂は、ライフルを手にした護衛とともに後方に下がった。

得体の知れないものに突き動かされたかの如《ごと》く、藤堂はなんの気なしに東塔のバルコニーに視線を流す。

何かが光った、誰かが狙《ねら》っている、と藤堂は叫ぶ間もなく、隣にいた護衛からライフルを奪った。

　この場でターゲットになりうるのはウラジーミルしかいない。

　藤堂が東塔にいる暗殺者を狙ってライフルのトリガーを引く。物凄《ものすご》い勢いで三発連射した。藤堂が撃つのが早いか、ウラジーミルに向かって銃弾が発射されるのが早いか。

　ほんの一瞬の出来事だ。

　周囲にいた側近たちに庇《かば》われ、ウラジーミルは無傷だ。側近たちも被弾は免《まぬか》れたらしい。

『ウラジーミル様、大丈夫ですか?』

『東の塔だ。バルコニーに暗殺者がいる』

『生誕祭に暗殺者が紛れ込むなど、決してあってはならないことだ。裏切り者がいるのか?』

『誰かペトロパヴロフスクに買収されたのか?』

『ヴォロノフが動きだしたんじゃないのか? 昔からヴォロノフは油断させるのが上手《うま》い』

　周囲の側近たちは怒り、慌てふためいているが、ウラジーミルは何事もなかったかのように超然としていた。暗殺者に命を狙われることに慣れきっているのだ。

「藤堂、助かりました。私は暗殺者に気づかなかった」

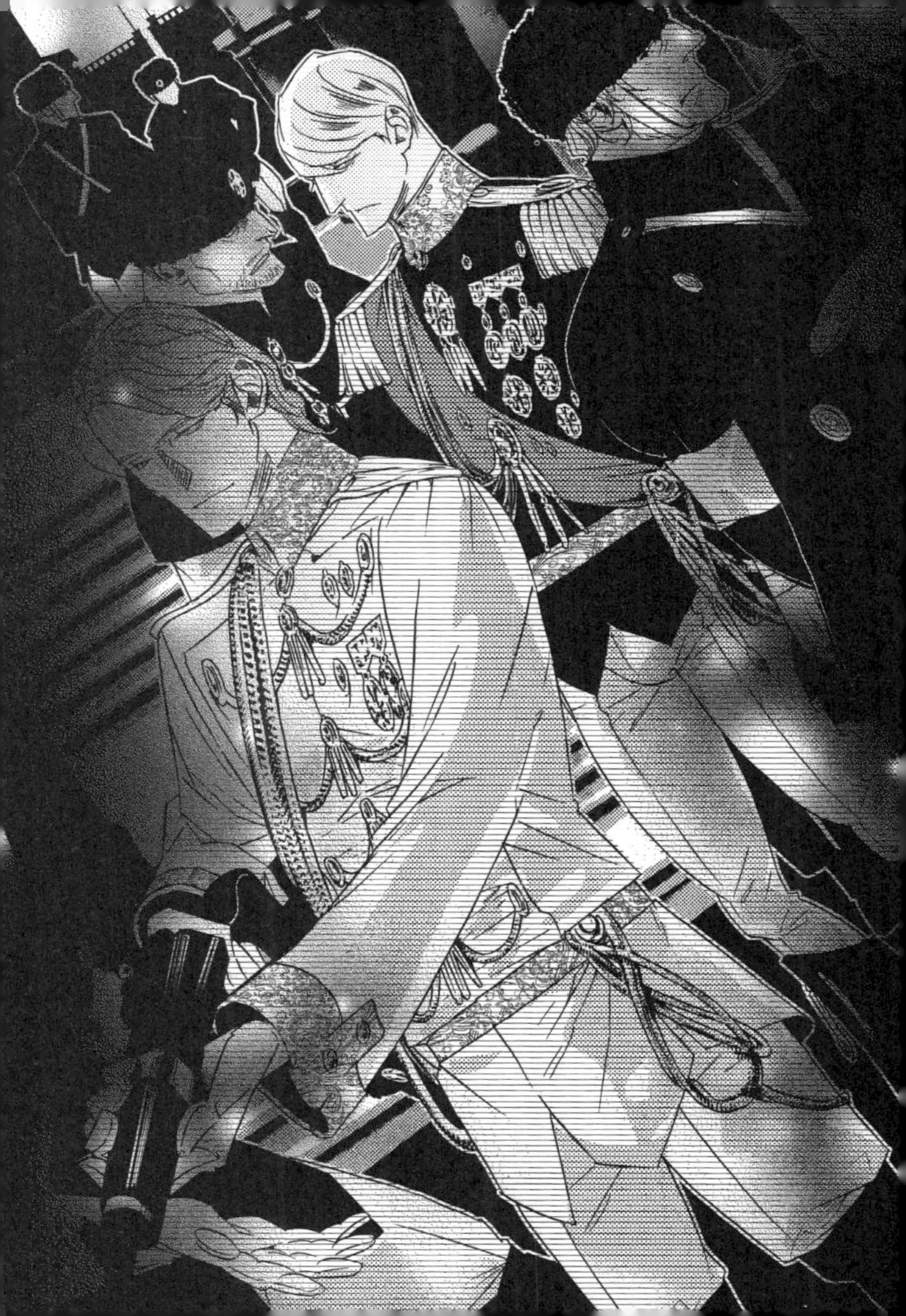

ない感じがする。

隣にいた護衛に日本語で礼を言われ、藤堂は無言で軽く手を振った。足が地についていない感じがする。

愚か者め、どこが弱々しいピアニスト志望者だ、とウラジーミルには嘲笑《ちょうしょう》を含んだ視線を注がれ、藤堂は自分の甘さを痛感した。いや、反射的に動いた身体はどうすることもできない。

護衛にグルリと囲まれたウラジーミルに促されて藤堂は宮殿内に入った。予想以上の豪華な宮殿に目が眩《くら》みそうだ。

ベルサイユ宮殿の鏡の間を模倣したという華麗な空間では、綺麗に着飾った淑女と紳士が宮廷式のお辞儀でウラジーミルと藤堂を迎える。

どこからともなく、チャイコフスキーの『白鳥の湖』が聞こえてきた。イジオットの援助を受けているオーケストラが演奏しているらしい。

琥珀《こはく》で覆われた大広間では、華やかな美女を何人も連れたニコライがいた。どうやら、すでにウラジーミルが狙われたのを知っているようだ。

「ウラジーミル、狙われた心当たりは？」

ニコライはほかの幹部たちと同じく、暗殺者がネステロフ城内に潜んでいたことに神経を尖《とが》らせている。

「愚問だ」

「心当たりがありすぎるのか」

「ああ」

ニコライの母親とキスを交わすウラジーミルから離れると、藤堂はネステロフ城の警備責任者に日本語で話しかけられた。

早くも暗殺者の遺体を収容し、藤堂のライフルが致命傷を与えたことを確認したそうだ。

「ウラジーミルの情人だと聞いたが、藤堂は狙撃《そげき》の名手か？」

ネステロフ城の警備責任者に指摘された通り、実は藤堂は殺し屋として何度も依頼を受けたことがあるぐらい射撃が得意だ。子供の頃から父に連れられ、ハワイやアメリカの射撃場に通っていた。ピアニストの叔父には怒られたが、藤堂にはピアノ以上に射撃の素質があったようだ。ヤクザになってから、さらに射撃の腕を磨いた。

射撃の腕と語学力という身についた財産が、極道界において藤堂の大きな武器となった。結局、それらは実父に与えられたものだから人生の皮肉を感じずにはいられない。

「……父の趣味が狩猟で僕もよく鴨《かも》を撃ちに行きました。まぐれです」

藤堂はライフルを隣にいた護衛に返し、気弱なピアニスト志望を意識して話したが手遅れだ。

「まぐれでヒットできる距離じゃない」

藤堂の射撃の腕はS級とまではいかなくても、A級にはランクされるだろう。今回、東の塔からウラジーミルを狙った暗殺者はA級に分類されている一匹狼《いっぴきおおかみ》だ。誰の依頼でウラジーミルを狙ったのか、黄泉《よみ》の国に旅立ってしまった今、確かめることができない。対立しているペトロパヴロフスクから送り込まれた殺し屋だと、イジオットのメンバーは判断しているらしく、快闊《かいかつ》でコサック色の強いニコライが徹底抗戦を声高に唱えた。

「だから、まぐれなんですよ」

「ロシア人ならここで自慢します。謙虚な日本人だ」

警備責任者や護衛に尊敬の目で見つめられ、藤堂は困り果ててしまう。例によって曖昧《あいまい》な微笑で誤魔化していると、緑色のドレスに身を包んだ典型的なスラブ系美人が現れて宮廷式のお辞儀をした。そして、淀《よど》みない日本語で言った。

「オリガ様がお会いになります」

オリガとはロシアでよくある女性の名前だが、この場ではウラジーミルの母親を指す。どうも、緑色のドレスに身を包んだ美女は、ウラジーミルの母親の侍女らしい。

藤堂は侍女に先導されるまま、琥珀の間を後にした。ウラジーミルはニコライの母親の慈愛に満ちた抱擁《ほうよう》を受けており、なかなか離れられないらしい。若い護衛がついてきたが、オリガがいる皇妃の間への入室は止められる。

なんでも、オリガは藤堂とふたりきりで会いたいらしい。彼女は日本語どころか英語もフランス語も話せないとのことだが、オリガの目的はわかっている。

ロシアから出たらどこに行くか、藤堂はウラジーミルと別れた後を考えつつ、贅沢《ぜいたく》の限りを尽くしたような皇妃の間に入った。

壁は純白の天然大理石が使われ、床の寄せ木細工には何種類もの木を使い、優雅な天井に貼《は》られた金箔《きんぱく》の模様と対になっている。皇妃の座に純金で刻まれたロマノフ王家の紋章も素晴らしく、ロシア随一の美貌《びぼう》と謳《うた》われたエリザヴェータ女帝の肖像画がその歴史を映す。

皇妃の間にオリガはおらず、近衛の軍服に身を包んだ屈強な男が五人いる。

危険を感じた瞬間、屈強な男たちは発砲してきた。いや、藤堂も瞬発的に月の女神像の背後に隠れ、隠し持っていた拳銃《けんじゅう》で対抗した。

藤堂が六発撃ち終えると、優美な皇妃の間には血の臭《にお》いが充満した。すぐに銃弾をこめる。

これらは三十秒もかからなかった出来事だ。

無傷な自分を幸運の持ち主だと思うほど、藤堂は愚かでもなければ鈍くもない。ウラジーミルの母親ではなく父親であるボスに呼ばれたのだと悟った。

「……俺を試したのですか？」

藤堂は拳銃を収めると、月の女神像の背後から進んだ。

果たせるかな、藤堂と撃ち合った五人の男たちの背後から、ボスの側近中の側近と言われているパーベルが現れた。

「藤堂和真《かずま》、無理やり脱がされたくなければ脱げ」

パーベルの指示通り、藤堂は上品な飾《かざ》り紐《ひも》がついた礼服の上を脱いだ。無駄な抵抗に費やす体力はない。

下半身まで脱ぐ必要はないらしく、パーベルは藤堂の上半身を調べるように見つめながら一周する。

藤堂の背中に刻まれた極彩色の般若《はんにゃ》を見ても、パーベルは顔色を変えないが、つい先ほど撃ち合った一番若い男は息を呑《の》んだ。

「藤堂和真、元藤堂組の組長でブルガーコフの隠し財産を掠《かす》め取《と》った元金子《かねこ》組の若頭補佐だな。日本の美少年はいい仕事をした」

日本の美少年と称され、藤堂はのけぞりそうになったが、あえてそれについてはコメントしない。

「負け戦をして追われ、めっきり記憶力が弱くなり、昔のことは忘れました」

藤堂とパーベルは真正面から向きあった。鎖骨や胸元、脇腹《わきばら》に至るまでウラジーミルにつけられたキスマークがべったりと張りついている。

改めてパーベルは確かめるような目つきで、藤堂の身体に残る性行為の痕跡《こんせき》を凝視した。どうやら、ウラジーミルとの肉体関係を直《じか》に確認したかったらしい。

「藤堂が忘れても私は忘れないし、ウラジーミルも覚えている。日本のビジネスマンと違って優秀な男だった」

かつては勤勉でいて有能な日本人ビジネスマンが世界を股《また》にかけて活躍した。それなのに、いつからか、日本のビジネスマンの評判は地に落ちている。ハニートラップに落ちる政治家や官僚は数えきれない。

「買《か》い被《かぶ》りです」

「藤堂、私が誰だかわかるな？」

パーベルの口ぶりから過去を指摘しているのだとわかる。惚《とぼ》けようとしたが、藤堂は観念して答えた。

「ウラジーミルにマシンガンを向けた顔の中に、あなたとよく似た顔がありました」

あの時、イジオットのメンバーにパーベルの弟がいたことも、ウラジーミルのショックに拍車をかけた。パーベルの弟がウラジーミルの後見人だったという。

「そう、私の弟がチームを組んでブルガーコフ本拠地に乗り込んだ。弟を一発で仕留めたのは藤堂、君だね」

パーベルは一息ついてから、称賛するように両手を広げた。

「いい腕だ」

パーベルに肉親を殺された恨みはなく、ただ純粋に藤堂の腕を称《たた》えている。巨大組織を支えてきた大物の大物たる所以《ゆえん》だ。

「恥ずかしながら、俺の実力は鴨撃ち程度、たいしたことありません。弟さんは油断されていました」

「私の弟がウオッカを飲んで酔っぱらっていたとでも言うのかね？」

パーベルはギョロリとした目で、ロシアンジョークを飛ばした。

ケンカもサボりも健康被害も短命も仕事のミスも夫婦仲の悪化も離婚も、それらの原因はほとんどウオッカの飲みすぎだと藤堂は思う。ひょっとしたら、すべての問題の原因はウオッカと断定してもいいかもしれない。

「ロシア人ならば何をするにもウオッカではないのですか？」

藤堂が鶏肉でバターを包んで油で揚げたキエフ風カツレツを食べきれなかった夜のことだ。ウラジーミルは風呂《ふろ》に入る前にウオッカを一瓶飲み、風呂の後にまた一瓶空け、ベッドに上がったら当然の権利とばかりに藤堂の身体に伸しかかってきた。三度身体を繋《つな》げてから、ウラジーミルはまたウオッカを飲みだしたので、藤堂はその酒量に驚いたものだ。

当の本人はケロリとしていたが。

「ならば、私はウオッカを飲む前に重要な話をしよう。藤堂は神戸と大阪、我らイジオットは東京から北を手に入れる。それでどうだ？」

パーベルはイジオットの代表者として、狩り場と定めた日本列島の分配を提案してくる。イジオットの力ならばありえない未来ではない。藤堂を日本進出の先鋒《せんぽう》に据える気だ。

危惧《きぐ》していたことが現実になり、藤堂の背筋に冷たいものが走るが、ここで動じても仕方がない。

「俺にそんな話を持ち込むのは間違っています」

「藤堂がウラジーミルの情人だというロシアンジョークは笑えない」

性行為の有無を確かめても、パーベルは藤堂を単なる愛人だと思えないらしい。今までにウラジーミルが冷酷で優秀な手腕を発揮してきたから、男である藤堂を愛人として囲ったことに裏があると思い込んでいるのだ。また、藤堂がイジオットと少なからず因縁《いんねん》のある元暴力団関係者であった過去も見逃せないらしい。

「俺はウラジーミルのベッドの相手しかしていない」

藤堂が真剣な目で事実を告げても、パーベルはしたり顔で手を振った。

「ベッドの中でも計画は立てられる」

「一度もそんな話をしたことはありません」

「藤堂もウラジーミルも若いからベッドの中のほうが計画は立てやすいだろう」

「ウラジーミルとベッドで立てた計画はロシア観光ぐらいです」

事実、藤堂とウラジーミルが立てた計画はロシア観光しかない。

「日本進出の計画を練るのはこれからか？　まず、東京からだな？　新宿《しんじゅく》か？　渋谷《しぶや》か？　六本木《ろっぽんぎ》から攻めるのも手か？」

パーベルはウラジーミルが日本攻略の駒《こま》として藤堂を囲っているという判断を下した。その判断は覆《くつがえ》りそうにない。

「俺ができるのはベッドの相手ぐらいだと、ウラジーミルもわかっているから、そんな計画を立てないでしょう」

藤堂は柔らかな微笑を浮かべ、脱ぎ捨てた礼服に袖《そで》を通した。何しろ、胸元に散らばる赤い跡を見つめる若いメンバーの目が絡《から》みついてきて痛い。特に一番若いメンバーの視線には情欲が含まれていて危険だ。

「ウラジーミルがなんの目的もなく藤堂を囲うか？」

パーベルやボスがそうであるように、ウラジーミルは誰よりも藤堂の使い方を知っている支配者だ。

「愛している、とウラジーミルに一度も言われた記憶はないが、彼は俺を愛しているのではないですか？」

藤堂が痛烈な皮肉を飛ばした時、皇妃の間に険しい顔つきのウラジーミルが踏み込んできた。止めようとした軍服姿の偉丈夫が床に崩れ落ちる。

た。

「パーベル、藤堂は俺の愛人だ。手を出すな」

ウラジーミルが地を這《は》うような低い声で言うと、パーベルはおどけたように両手を挙げ
「ああ、ウラジーミル、誤解しないでくれ。藤堂は魅力的なサムライだが、私は女が好きだ。こんな歳《とし》になっても女好きの病が治らないから困っている」

「ネステロフ城には藤堂を二度と連れてこない」

ウラジーミルはパーベルの背後にあるエリザヴェータ女帝の肖像画を見つめながら高らかに言った。

藤堂も壁に飾られているエリザヴェータ女帝の肖像画に隠しカメラがあることは気づいていた。ウラジーミルの父親であるボスは安全な場所からすべてを見聞きしているのだ。

「ウラジーミル、そろそろ日本進出を実行に移したい」

パーベルがボスの意思を内々に伝えると、ウラジーミルは皮肉を込めて答えた。

「トーゴー・ターンにやられるから待て」

ロシア帝国時代に旧大日本帝国と戦ったが、日本海海戦では海戦史上、例を見ない大敗北を喫している。連合艦隊の司令長官である東郷平八郎《とうごうへいはちろう》が取った作戦指揮は卓越しており、なかでも敵前大回頭は『トーゴー・ターン』と呼ばれ、世界各国に広まったという。

「トーゴー・ターンは恐るるに足らず、攻略法はわかった。日本はトーゴー・ターンのほ

かにまだ隠し技を持っているのか？　日本はトーゴー・ターンで終わったはずだが？」

パーベルの祖先は連合艦隊と戦ったロジェストヴェンスキー中将率いる第二太平洋艦隊の海軍兵だ。革命の火種が燻《くすぶ》っていなければ、ロシア帝国が極東の小国に負けることはなかっただろう。

「俺は日本進出に賛成しない」

「ボスの命令だ」

パーベルが伝家の宝刀を振りかざしたが、ウラジーミルは一歩も引かなかった。

「革命は気が進まない」

ウラジーミルがなんでもないことのように軽く反逆を示唆した時、恰幅《かっぷく》のいい幹部が沈痛な面持ちで現れた。

「アレクセイが狙撃《そげき》された。即死だ」

ウラジーミルに引き続きアレクセイまで狙われたという。対立しているペトロパヴロフスクから送り込まれた殺し屋だろうか。

「オリガは？」

パーベルは驚いた様子もなく、アレクセイの母親の様子を尋ねた。

「オリガもタチアナも半狂乱で手がつけられない」

「とんだ生誕祭だな」

藤堂は超然としているウラジーミルとパーベルから空恐ろしいものを感じた。アレクセイの死になんの感情も抱かない自分にも気づく。麻痺している自覚はあるから今さらかもしれない。

ウラジーミルの冷たい横顔から裏を読み取った。

いくら腕のいいプロでも、警備の強固なネステロフ城にそうそう殺し屋は潜り込めない。つい先ほど、ウラジーミルを殺し屋に狙わせたのはアレクセイに違いない。

共存が無理なら戦うしかないのだ。

ウラジーミルはその場でアレクセイの暗殺命令を下したのだろう。彼が雇ったS級の殺し屋はアレクセイの心臓を撃ち抜いた。

パーベルも隠しカメラの向こう側にいるボスも、血肉を分けた兄弟間の戦争を知っている。だから、ウラジーミルを咎《とが》めたりはしない。勝利者に玉座を譲るだけだ。

藤堂はウラジーミルに肩を抱かれ、静かに皇妃の間から出た。アレクセイの訃報《ふほう》で城内の雰囲気は一変し、綺麗《きれい》に着飾った淑女たちは泣き崩れ、男たちの顔つきは一様に険しい。

隠しカメラがないのか、ウラジーミルは夢の結晶のように壮麗な回廊で立ち止まる。

「藤堂、愛している、と言えばいいか？」

ウラジーミルの声のトーンがいつもより低い。

「……聞いていたのか」

藤堂が穏やかに微笑《ほほえ》むと、ウラジーミルは帝王然とした態度で言い放った。

「愚かな奴」

ウラジーミルは藤堂が大勢の前で射撃の腕を披露《ひろう》したことを馬鹿にしている。あれでは単なる情人として通用しない。

「助けてやったんだから感謝しろ」

あの時、異様な熱気に包まれ、東塔の殺し屋に気づいた者は誰もいなかった。藤堂が気づかなければ、ウラジーミルの命は危なかったはずだ。

「お前は俺から離れられるチャンスを自ら逃した。どこまでも甘い奴だ」

ウラジーミルは冷酷な目で言うと、藤堂の身体を抱き締めた。

「……甘いか」

「お前は気づかないふりをすればよかったんだ」

ふふ、とウラジーミルは馬鹿にしたように鼻で笑い、藤堂の肩口に顔を埋《うず》める。どうやら、表情を見られたくないらしい。

「悩む間がなかった」

「人の心はそういう時の行動に出る」

「そうかな」

藤堂がのほほんと流すと、ウラジーミルは顔を上げた。

「俺のものにする。覚悟しろ」

ウラジーミルの唇が近づいてきたので、藤堂は拒まずに受け止めた。先行きの見通しはつかないが、実父に殺されかかった時に比べたらなんでもない。

チャイコフスキーの『くるみ割り人形』に混じり、桐嶋《きりしま》の罵声《ばせい》が聞こえたような気がした。

『カズ、またお前はけったいな奴に引っかかりよったな』

確かに、想定外の男の腕に抱き込まれてしまった。

『実の親は選ばれへんけど、ほかは選ばなあかんのや。こいつはあかんと感じたらすぐに離れろ』

藤堂は自分で自分が理解できないが、どうにもウラジーミルに嫌悪感《けんおかん》が持てない。ウラジーミルが自分に重なってしまう時さえある。

『お前は優しいからキツいことはようせえへんやろ。俺に回せ。俺がやったるから任せんか』

ウラジーミルに囲われている現状を知れば、桐嶋はどんな反応を示すだろう。さしあたって、機関銃のようにあれこれ捲《ま》くし立《た》てるはずだ。

今のところ桐嶋に連絡を入れるつもりはない。すでに桐嶋に教えていた携帯電話は処分した。

今までと同じようにウラジーミルやニコライの周囲では愛人で通るだろう。ただ、肝心のイジオットのボスや中枢幹部には、ウラジーミルによる日本攻略の切り込み隊長だと思われたままだ。いや、今日のヒットでウラジーミルの兵隊だと大半のメンバーは考えるかもしれない。

最悪の場合、イジオットの手先になって日本攻略に従事するのも、小汚いヤクザとして名を馳《は》せた自分らしい気もする。

藤堂はウラジーミルの情熱的な口づけに応《こた》えつつ、昇《のぼ》り龍《りゅう》を背負った宿敵に語りかけた。

そろそろシャチが動きだす、束《つか》の間《ま》の休息は終わりだ、と。裏切りがどんな味がよく味わえ、と。

「藤堂、誰のことを考えている?」

唇が離れたと思うと、悪魔のように険しい形相《ぎょうそう》のウラジーミルに凄まれる。腰に回された手が熱い。

「……君のことだ」

藤堂が悠然と微笑むと、ウラジーミルから冷たい怒気が発散された。

「橘高清和を殺す計画を立てているのか」

キスの最中、藤堂が何を考えていたのか、ウラジーミルは気づいている。どうして悟られるのか、感情を押し殺すテクニックを駆使してきた藤堂にしてみれば不思議でならない。

「ウラジーミル、俺を詰《なじ》る前に言う言葉があるだろう」

氷川《ひかわ》にほかの男が接近すれば清和は荒れる。優しい氷川がほかの男を案じるだけでも清和は妬《や》く。いやでも目の前のウラジーミルと清和が重なる。

「だから、再会した時に橘高清和を始末してやる、と言っただろう。拒否したのは藤堂だ」

「そうじゃない」

「俺といる時もそんなに橘高清和に心を占められるなら俺が処分する」

清和の氷川に対する独占欲は強かったが、ウラジーミルは勝るとも劣らない。藤堂は自分の獲物を誰にも譲る気はなかった。

「愛している、と言ってから詰れ」

藤堂が柔らかな微笑を浮かべて煽《あお》るように言うと、珍しくウラジーミルは言葉に詰まった。だいぶ、動揺している。

「愛している、と俺は一度も言われたことがない」

「愛している」

ウラジーミルに真摯《しんし》な目で貫かれたが、藤堂は意味深な笑みを口元に貼りつけ、特有のテクニックで流した。

「嘘《うそ》が上手いな」

かつてどこにも隙《すき》がなかった不夜城の覇者の弱点が楚々《そそ》とした内科医だと、今では巷《ちまた》のチンピラでも知っている。

藤堂はウラジーミルの弱点にはなりたくない。正直に言えば、誰の弱点にもなりたくない。もちろん、自分も弱点なんて作りたくはなかった。

「……おい」

愛しているとわかっているだろう、とウラジーミルが背負っている冬将軍が暴れだしそうな雰囲気だ。

「ウラジーミル、俺は君の無様な姿を知っている」

ウラジーミルが敵対するマフィアに監禁された挙げ句、実父に無能の烙印《らくいん》を押され、抹殺されかかった過去を、藤堂は煽るように言い放った。藤堂が助けていなければ、ウラジーミルの人生はとうの昔に儚《はかな》くも散っていただろう。

「ああ」

「君にとって消し去りたい人生最高の汚点だろう。そんな君を知っている俺を女みたいに抱いて屈服させたいだけだ」

藤堂はウラジーミルが自分を抱きたがる理由を、なんでもないことのようにいつもの調子で言った。

「……そうしたいのか」

ウラジーミルは探るような目で藤堂を睨《にら》み据《す》える。必死になって背後の冬将軍を抑え込んでいるようだ。

「俺を抱きたがる理由は君のプライドだ」

君は俺を愛しているわけじゃない、と藤堂は心の中でウラジーミルにそっと語りかけた。

「そうしたいのならそれでもいい。……が、離さない」

「我儘《わがまま》な男だ」

「キスしろ。頬《ほお》ではなく唇に」

藤堂は自分から腕をウラジーミルの首に回し、冷たそうな唇にそっと口づけた。氷の彫刻のような男の唇は灼《や》けるように熱い。

ふたりの唇が深く重なり合った頃、背後に人の気配を感じたが、気にせずに続けた。銃口が向けられていなければ問題はない。ロシアでは小さなことに拘《こだわ》っている場合ではないのだから。

あとがき

講談社X文庫様では三十一度目ざます。初めてヨーロッパに旅立った日のことを思いだしている樹生《きふ》かなめざます。

あの時、アタクシはぴちぴちしておりまして、腰痛もこんなにひどくなければ、両肩に漬物石も載っておらず、背中に子泣き爺《じじい》も張りついていませんでした。お世辞にも『美人』という形容はつきませせなんだが、ここまで顔に深～い皺《しわ》は刻まれていませんでした。ええ、ヨーロッパには卒業を目前に控えた大学四回生の時、俗に言う「卒業旅行」で参りました。

今でも「卒業旅行」とか言うんでしょうかね？

当時、樹生かなめの母と同行した友人・Xちゃんのお母様は、同じことを鬼のような顔でのたまいました。「お母さんも知っているぐらいの、信用のある旅行会社で、添乗員さんがついているツアーにしないと許しません。安いツアーには安い理由があるのよ」と。

必然的に格安ツアーは除外、母親たちを納得させる旅行会社の添乗員付きツアーを選びました。その時の添乗員さんが英会話堪能でしたので、てっきり英文科卒業だと思ったら、ロシア語科卒業だと聞いて驚いた記憶がございます。

添乗員さんがはにかみながら「ロシア語は身につきませんでした」と仰《おっしゃ》っていたのもセピア色の思い出の一ページざます。

もちろん、樹生かなめはロシア語どころか英語も身についてはおりません。自慢にもなりませんが、大学で学んだ日本文学なるものもまったく身につきませせなんだ。

さてさて、パリやベルサイユ宮殿は卒業旅行シーズンとあって日本人女性だらけ、あちこちで日本語を耳にしました。アタクシもそのあちこちにいる日本人女性のひとりざました（笑）。オペラ地区で迷った挙げ句、付近にいた日本人観光客に道を聞いたこともございました（笑）。フランクフルトはそうでもないと思ったのですが、ドイツ観光の目玉であるロマンティック街道には日本人女性がたくさんいました。タイミング悪く、ノイシュヴァンシュタイン城はお休みで見学できず、咽《むせ》び泣《な》いた思い出が。

ウィーンでは目の前を歩いていたカップルがいきなりキスをして、やたらと絵になっていた思い出も。ウィーンの華やかな通りの店で日本人女性が大声で「英語のスピークができないのよ～ぅ」と金髪女性に話しかけている姿を見て、びっくりした思い出も。どこでもアタクシの英語が通じず、大恥を掻《か》いた思い出も。

あの卒業旅行からどれくらい経ったでしょう？

一緒に卒業旅行に行った友人のXちゃんは結婚して、新婚旅行でふたたびヨーロッパを回ったそうです。

樹生かなめも新婚旅行……そう、新婚旅行でまたヨーロッパに行く予定だったのに……その予定だったのに……新婚旅行どころか結婚さえ……嗚呼《ああ》、予定外の虚《むな》しい人生を送っています。

卒業旅行から〼年経って、ヨーロッパに向かったきっかけはボツ原稿ざました。フランスやドイツなど、ヨーロッパを舞台にした作品が他社でリテイクの嵐《あらし》にさらされ、そのまままあえなくお蔵入り。

そこで、再度、ヨーロッパの空気に触れてから作品に向き合おうと思いました。

英会話ができればひとりでヨーロッパに旅立ちますが、あかんたれのアタクシには無理ざました。

意を決し、単身でヨーロッパのツアーに潜り込んで、小説の舞台になった各地を回ってきましたとも。

寂しいことに、ツアーでひとり参加はアタクシだけ。

幸い、ツアー参加の皆様が優しくて助かりましたが……ど、どうしてこんなにアタクシは悲しい人生を歩んでいるのでしょう?

若い時に見たヨーロッパと若くない歳《とし》になって見たヨーロッパ、どちらも素敵《すてき》でしたが、いろいろな変化があったような。

　パリで食べたエスカルゴに対する感想は今も昔も変わらず。ドイツで食べたウインナーに対する感想も今も昔と変わらず。フランス語やドイツ語、英語に対する感想は今も昔も変わらず。旅行から戻ってきて英会話の必要性を実感し、英会話教室のパンフレットを集めたのに実行に移さなかったことも、今も昔と変わらず。

　卒業旅行当時からさして成長していないような気がするのですが。

　成長していなくても、おかげさまでタイトルは増えております。感謝ざます。

　担当様、是非《ぜひ》、一緒にロシアに渡ってモスクワ……ではなく、ありがとうございました。深く感謝します。

　奈良千春《ならちはる》様、是非、一緒にロシアに渡ってモスクワやサンクトペテルブルクの……ではなく、ありがとうございました。深く感謝します。

　読んでくださった方、ありがとうございました。

　再会できますように。


ロシア語の難解さに眩暈《めまい》を起こしかけた樹生かなめ

『賭《か》けはロシアで　龍《りゅう》の宿敵《しゅくてき》、華《はな》の嵐《あらし》』、いかがでしたか？
樹生《きふ》かなめ先生、イラストの奈良千春《ならちはる》先生への、みなさまのお便りをお待ちしております。

樹生かなめ先生のファンレターのあて先
〒112-8001　東京都文京区音羽2-12-21　講談社　文芸シリーズ出版部「樹生かなめ先生」係

奈良千春先生のファンレターのあて先
〒112-8001　東京都文京区音羽2-12-21　講談社　文芸シリーズ出版部「奈良千春先生」係

N.D.C.913　232p　15cm

樹生かなめ（きふ・かなめ）

講談社X文庫

血液型は菱型。星座はオリオン座。

自分でもどうしてこんなに迷うのかわからない、方向音痴ざます。自分でもどうしてこんなに壊すのかわからない、機械音痴ざます。

自分でもどうしてこんなに音感がないのかわからない、音痴ざます。自慢にもなりませんが、ほかにもいろいろとございます。でも、しぶとく生きています。

樹生かなめオフィシャルサイト・ROSE13
http://homepage3.nifty.com/kaname_kifu/

white heart

賭《か》けはロシアで　龍《りゅう》の宿敵《しゅくてき》、華《はな》の嵐《あらし》

樹生《きふ》かなめ

●

2014年2月5日　第1刷発行

定価はカバーに表示してあります。

発行者――鈴木　哲
発行所――株式会社　講談社
東京都文京区音羽2-12-21 〒112-8001
電話 編集部 03-5395-3507
販売部 03-5395-5817
業務部 03-5395-3615
本文印刷―豊国印刷株式会社
製本――株式会社千曲堂
カバー印刷―半七写真印刷工業株式会社
本文データ制作―講談社デジタル製作部
デザイン―山口　馨

ISBN978-4-06-286805-1

講談社X文庫ホワイトハート・大好評発売中！

龍の恋、Dr.の愛

樹生かなめ
絵／奈良千春

ひたすら純愛。だけど規格外の恋の行方は？　関東を仕切る極道・眞鍋組の若き組長・清和と、男でありながら清和の女房役で、医師でもある氷川。純粋一途な二人を狙う男が現れて……!?

愛されたがる男

樹生かなめ
絵／奈良千春

ヤる、ヤらせろ、ヤれっ!?　その意味は!!　世が世ならお殿さまの、日本で一番不条理な男、室生邦衛。滝沢明人は邦衛の幼なじみであり、現在の恋人でもある。好きだからこそ抱けないと邦衛に言われたが!?

龍の純情、Dr.の情熱

樹生かなめ
絵／奈良千春

清和くん、僕に隠し事はないよね？　極道の眞鍋組を率いる若き組長・清和と、医師であり男でありながら姐である氷川。ある日、氷川の勤める病院に高徳護国流の後継者が訪ねてきて!?

もう二度と離さない

樹生かなめ
絵／奈良千春

狂おしいほどの愛とは!?　日本画の大家を父に持つ洋画家・渓舟は、助手である司と幸せに暮らしていた。しかし、渓舟の秘密を探る男が現れた日から、驚くべき過去が明らかになってゆき!?

龍の恋情、Dr.の慕情

樹生かなめ
絵／奈良千春

欲しいだけ、あなたに与えたい――！　明和病院の美貌の内科医・氷川諒一の恋人は、19歳にして暴力団・眞鍋組組長の橘高清和だ。ある日、清和の母親が街に現れたとの噂が流れたのだが!?

講談社X文庫ホワイトハート・大好評発売中！

龍の灼熱、Dr.の情愛
樹生かなめ
絵／奈良千春
若き組長・清和の過去が明らかに!?　明和病院の美貌の内科医・氷川諒一は、19歳にして暴力団眞鍋組組長の清和と恋人関係だ。二人は痴話喧嘩をしながらも幸せな毎日だったが、清和が攫われて!?

龍の烈火、Dr.の憂愁
樹生かなめ
絵／奈良千春
清和くん、嫉妬してるの？　明和病院の美貌の内科医・氷川諒一は、眞鍋組の若き組長・橘高清和の恋人だ。ヤクザが嫌いな氷川だが、清和の恋人であるがゆえに、抗争に巻き込まれてしまい!?

龍の求愛、Dr.の奇襲
樹生かなめ
絵／奈良千春
氷川、清和くんのためについに闘いへ!?　明和病院の美貌の内科医・氷川諒一は、男でありながら眞鍋組組長・橘高清和の姐さん女房だ。清和の敵、藤堂組との闘いでついに身近な人間が倒れるのだが!?

龍の右腕、Dr.の哀憐
樹生かなめ
絵／奈良千春
清和の右腕、松本力也の過去が明らかに!?　明和病院の美貌の内科医・氷川諒一は、眞鍋組の若き組長・橘高清和の恋人だ。ある日、清和の右腕であるリキの過去をよく知る男、二階堂が現れて!?

龍の仁義、Dr.の流儀
樹生かなめ
絵／奈良千春
幸せは誰の手に!?　明和病院の美貌の内科医・氷川諒一は、眞鍋組の若き組長・橘高清和の恋人だ。ある日、氷川のもとに清和の右腕であるリキの兄が患者としてやってきた!?

募集要項

■内容

ホワイトハートにふさわしい小説であれば、ジャンルは問いません。商業的に未発表作品であるものに限ります。

■資格

年齢・男女・プロ・アマは問いません。

■原稿枚数

ワープロ原稿の規定書式【1枚に40字×40行、縦書きで普通紙に印刷のこと】で85枚〜100枚程度。

■応募方法

次の3点を順に重ね、右上を必ずひも、クリップ等で綴じて送ってください。

1. タイトル、住所、氏名、ペンネーム、年齢、職業（在校名、筆歴など）、電話番号、電子メールアドレスを明記した用紙。
2. 1000字程度のあらすじ。
3. 応募原稿（必ず通しナンバーを入れてください）。

ご注意

○ 応募作品は返却いたしません。
○ 選考に関するお問い合わせには応じられません。
○ 受賞作品の出版権、映像化権、その他いっさいの権利は、小社が優先権を持ちます。
○ 応募された方の個人情報は、本賞以外の目的に使用することはありません。

背景は2008年度新人賞受賞作のカバーイラストです。
真名月由美／著　宮川由地／絵『電脳幽戯』
琉架／著　田村美咲／絵『白銀の民』
ぽぺち／著　Laruha（ラルハ）／絵　『カンダタ』